Robyn Grady
Un destino cruel

Editado por HARLEQUIN IBÉRICA, S.A.
Núñez de Balboa, 56
28001 Madrid

© 2012 Robyn Grady. Todos los derechos reservados.
UN DESTINO CRUEL, N.º 2215 - 27.2.13
Título original: The Wedding Must Go on
Publicada originalmente por Mills & Boon®, Ltd., Londres.

I.S.B.N.: 978-84-687-2410-2
Depósito legal: M-39394-2012
Editor responsable: Luis Pugni
Fotomecánica: M.T. Color & Diseño, S.L. Las Rozas (Madrid)
Impresión en Black print CPI (Barcelona)
Fecha impresion para Argentina: 26.8.13
Distribuidor exclusivo para España: LOGISTA
Distribuidor para México: CODIPLYRSA
Distribuidores para Argentina: interior, BERTRAN, S.A.C. Vélez
Sársfield, 1950. Cap. Fed./ Buenos Aires y Gran Buenos Aires,
VACCARO SÁNCHEZ y Cía, S.A.

Capítulo 1

LA PEOR persona posible en el peor momento posible.

Asomada a la puerta de la trastienda, Roxanne Trammel admitió que el aspecto no era el problema. El invitado que estaba esperando en el mostrador de su tienda de trajes de novia en Sídney medía más de metro ochenta, era increíblemente masculino y con un cuerpo... Aquellos ojos azules y ese pelo negro le acelerarían el corazón a cualquier mujer, incluida ella misma.

Roxy quería morirse porque conocía a ese hombre. Lo conocía bien. El hecho de que se hubiera puesto aquel vestido de novia momentos antes solo era la guinda del pastel.

Junto al mostrador, Nate Sparks frunció el ceño antes de mirar la hora en su Omega y frotarse el cuello... el mismo cuello fuerte al que Roxy se había aferrado con fervor aquella fatídica noche de primavera, cuando habían compartido su primer y único beso. Si cerraba los ojos, aún podía oler su aroma, sentir su barba incipiente en la mejilla. La magia de su cercanía la había transportado a otra época. A otro lugar. Podía admitir que no había querido que el beso acabara.

Pero lo había hecho, y de la peor manera imaginable.

—¿Hay alguien ahí?

Nate se asomó detrás del mostrador y miró a su alrededor mientras Roxy se mordía el labio y deseaba que se fuera. No tenía nada que decirle a Nate Sparks, y muy poco tiempo para resolver el problema con el vestido que llevaba puesto. Más bien problemas, en plural. Al menos el futuro de tres personas dependía de ciertas respuestas.

Nate encontró un bloque de papel para notas de Vestido Perfecto sobre el mostrador y sacó un bolígrafo dorado del bolsillo interior de su chaqueta. Apretó el bolígrafo contra el hoyuelo de su barbilla y, con mano firme, comenzó a escribir. Roxy se acercó más a la puerta.

¿Qué tendría que decirle? *Perdóname por haberte tratado tan mal. Por favor, sal a cenar conmigo.* Improbable. Su salida a toda velocidad habría dejado a un torpedo de la marina verde de envidia. No era que no hubiera disfrutado del beso tanto como ella. Nadie podía fingir esa intensidad, ni siquiera un hombre que, según los rumores, tenía múltiples parejas. Solo podía haber una explicación a su comportamiento de aquella noche.

Dado que se habían conocido en la fiesta de compromiso de sus amigos respectivos y ella había hablado con tanta pasión de su profesión dentro del mundo de las bodas, probablemente él hubiera pensado que querría llevar aquel asombroso primer beso mucho más lejos. Hasta el altar, por ejemplo.

En realidad Roxy creía que el matrimonio era una institución que no debía tomarse a la ligera. La experiencia le decía que mantener una relación requería algo más que chispa y deseos de tener una vida de cuento de hadas. Aun así, aunque no tenía interés en explicarle su opinión a Nate Sparks, tampoco podía quedarse escondida detrás de esa puerta para siempre.

Para empezar, su sentido de la dignidad no se lo permitiría.

Así que estiró los hombros, tomó aire, abrió la puerta y salió a la habitación principal con el vestido de novia puesto. Nate levantó la cabeza y los ojos estuvieron a punto de salírsele de las cuencas. Tragó saliva y, un segundo más tarde, se acordó de sonreír.

–Estás aquí. Estaba dejándote una nota –miró hacia abajo y dejó escapar una carcajada nerviosa–. Bonito vestido. ¿Siempre atiendes a la gente llevando un vestido de novia?

Roxy no pudo evitar provocarlo.

–Solo cuando me siento sola.

Cuando los ojos de Nate se abrieron aún más, Roxy lanzó un gruñido. Él no sabía si relajarse y fingir ser un buen perdedor o darse la vuelta, salir corriendo y repetir la historia. No tenía de qué preocuparse. Roxy habría preferido quemar su tienda antes que permitirle acercarse a ella de nuevo.

Con la cabeza bien alta, Roxy se quitó la tiara y dejó el velo sobre el mostrador.

–¿Qué puedo hacer por ti, Nate?

–Greg me lo ha dicho esta mañana. Supongo que Marla ya te lo habrá contado.

Roxy se quitó los pendientes de diamantes.

–La boda se ha cancelado –dijo.

La persona para la que había diseñado aquel vestido ya no iba a pasar por la vicaría. Se sentía destrozada, principalmente por Marla, pero también por ella misma. Aquel vestido era el más bonito que había creado nunca... un vestido que despertaría el interés dentro de la industria en el momento en que más lo necesitaba.

–Greg es un buen amigo. Mi mejor amigo –dijo Nate.

–Marla también es mi mejor amiga.

–Maldita sea, esos dos tendrían que estar juntos.

–Después de que Marla viera esas fotografías, está convencida de que no es así –dijo Roxy–. Francamente, estoy de acuerdo con ella.

El corazón le dio un vuelco. Sabía un poco cómo se sentía Marla. La semana después del incidente de la fiesta de compromiso, la foto de Nate había aparecido en una revista de cotilleos. Había sido fotografiado encandilando a una morena de pechos grandes y labios hinchados. Roxy se había enfurecido tanto que había roto la página por la mitad.

–Esas fotos eran comprometedoras –admitió Nate.

–Su prometido, borracho con una mujer medio desnuda... –dijo ella–. No sé en qué estaba pensando el supuesto amigo de Greg para publicar esas fotos en su perfil. Y no te atrevas a decir que esa indiscreción ocurrió durante la despedida de soltero de Greg. Eso no es excusa –Roxy entornó los párpados y se cruzó de brazos–. ¿Y dónde estabas tú? Se supone que los padrinos están para impedir que pasen esas cosas.

–Yo tenía una reunión a primera hora del día siguiente. No pude cancelarla.

–Ojalá las cosas fueran diferentes... –por varias razones– pero Greg hizo algo malo y, francamente, no me gusta que aparezcas aquí sin avisar e intentes convencerme de lo contrario.

No soportaba ver a Marla tan triste. Deseaba que hubiera alguna manera de ayudar, pero escuchar a un hombre en el que no confiaba, un hombre adepto a minimizar el mal comportamiento, no era la respuesta. Sí, Greg siempre había parecido devoto; sin embargo, a veces aquellos en quien deberías poder confiar eran aquellos a quienes más tenías que vigilar, y Roxy lo sabía bien. Dado su propio pasado, Roxy apoyaba la decisión de Marla al cien por cien. Aun así quedaba una pregunta por responder.

¿Qué sería del vestido? Había puesto muchas esperanzas en él. Para su gran futuro como diseñadora.

Durante meses en la industria se había hablado de una oportunidad increíble: un concurso. El vestido ganador desfilaría por las pasarelas parisinas y aparecería en *Felizmente casadas*, la mejor publicación mundial sobre bodas. Además, su creadora sería recompensada con una cuantiosa suma de dinero y un año de prácticas con la mejor diseñadora de vestidos de novia de Nueva York.

Roxy había pasado noches en vela pensando en que ganaba el premio. Desde el instituto, lo único que había deseado hacer era diseñar vestidos de novia, todo tipo de creaciones que se ajustaran a todo tipo de novias. No podía imaginarse una profesión más gratificante. Cinco años atrás, tras completar varios cursos y tener experiencia en otras tiendas, había fundado su propio negocio. Pero Roxy quería aprender más. Ser más. Todo lo que pudiera ser.

Aquel concurso era su oportunidad.

Había hecho todo lo posible por entrar. La semana anterior había entrado en los cincuenta mejores. Pero, antes de poder darle la buena noticia a Marla, su amiga se había derrumbado y había anunciado que se cancelaba la boda. Dado que era requisito que todas las creaciones caminaran hasta el altar antes del treinta y uno de ese mes, aquel precioso vestido no podría optar al premio final. Sin boda no había prácticas. Y tampoco dinero. De pronto el reciente periodo de ventas

escasas y facturas elevadas se tornó mucho más deso-
lador para Roxy.

Mientras Roxy guardaba los pendientes en su caja
debajo del mostrador, absorta en sus pensamientos,
Nate caminaba de un extremo a otro del mostrador.
Ella se fijó en su mano, que se deslizaba sobre la superficie de cristal del mostrador, y se dijo a sí misma
que solo era una mano. Grande. Bronceada. Con dedos de manicura perfecta. Y aun así, a pesar de lo mucho que la había avergonzado aquella noche, no pudo
negar que los recuerdos desataron un intenso calor en
su vientre. Durante aquellos pocos segundos cuando
la había besado, todo su cuerpo había cobrado vida,
un fenómeno que la había dejado caliente y algo ma-
reada.

Un poco como se sentía en aquel momento.

¡Maldito Nate!

Con las mejillas sonrojadas, Roxy disimuló un suspiro y captó la última parte del comentario de Nate.

–... haber algo que podamos hacer para que vuelvan a estar juntos.

Roxy cerró el cajón del mostrador y recapacitó sobre la situación de su amiga, así como sobre la suya
propia.

–Sea lo que sea lo que tienes en mente, dilo.

Mientras Nate le sostenía la mirada decidida a Roxanne Trammel, se cruzó de brazos.

Tenía una estatura media. No tenía un cuerpo de
escándalo. Su voz era suave más que sensual. Sus gestos no eran nada excepcional. Ni su manera de hablar
o de reírse. Y aun así había algo en aquella mujer que
resultaba frustrantemente atractivo.

Nate aceptaba esa realidad del mismo modo que
aceptaba que el acero se ablandaba a determinada tem-

peratura. Una temperatura similar a la que su sangre había alcanzado al sucumbir al atractivo de Roxy seis meses atrás. No le había gustado dejarla confusa y dolida aquella noche, pero también se había jurado que su primer beso sería el último. Si volvían a encontrarse en algún lugar, por ejemplo la boda de unos amigos, él no permitiría que se repitiera la historia, ni aunque la continuación de la raza humana dependiera de ello.

Aquel vestido que llevaba puesto Roxy debía servir de recordatorio y de disuasorio. Él era un hombre decidido, un soltero que pretendía seguir así. Y aun así al ver aquellos ojos verdes brillantes, tenía que hacer un esfuerzo para no cometer un segundo error. Solo que, en esa ocasión, si sucumbía, no estaba seguro de poder parar.

–No sé por qué lo defiendes ahora –dijo ella–. Greg es responsable de sus propias acciones, aunque evidentemente necesite que lo vigilen –se encogió de hombros–. Espero que tu reunión mereciese la pena.

–Depende de si tienes en cuenta la oportunidad de fundar un negocio en el que Greg y yo habíamos trabajado durante meses.

–¿Os vais a hacer socios? Por lo que Marla me dijo, Greg está comprometido con el negocio familiar.

Nate contuvo la respiración. No quería revelar ningún secreto. Pero necesitaba la ayuda de Roxy para volver a juntar a sus amigos, lo que significaba tener que dar algunas respuestas y mantener la fe. Así que, cuando Roxy se movió para levantar una pequeña caja de cartón del suelo, él se acercó para ayudarla y contestó al mismo tiempo.

–Greg lleva tiempo queriendo montar algo por su cuenta.

Le quitó la caja y la dejó sobre el mostrador, después Roxy abrió la tapa y sacó una liga malva con volantes. Nate se fijó en la prenda de encaje y varias palabras le vinieron a la cabeza. Seductora. Sexy. Imaginó que una casa de vestidos de novia vendería todo tipo de accesorios.

Roxy se pasó la liga alrededor del dedo índice una vez, dos veces.

–Su familia tiene una gran empresa metalúrgica, ¿verdad?

–Acero Primero. Fabrica y distribuye acero y productos relacionados. Yo trabajo en la administración de una empresa rival.

Mientras hablaba, ella abrió un cajón cercano y, mirando a través del cristal del mostrador, colocó la liga sobre un lecho satinado.

–Greg y yo nos conocimos mediante contactos en la industria –continuó Nate, con la voz más profunda que antes–. Compartimos puntos de vista similares sobre el futuro del acero. Dada la economía y los asuntos medioambientales, creemos que las oportunidades son infinitas.

Esperaba que le dijeran pronto algo sobre la patente más relevante, entonces podrían avanzar verdaderamente.

–¿Así que habéis unido fuerzas? –preguntó Roxy.

Cuando sacó un negligé ultracorto de la misma caja, Nate parpadeó y, en un segundo, se la imaginó con ello puesto. Se imaginó su escote y su cintura. Sabía que su piel sería suave y caliente, igual que el roce de sus labios aquella noche.

Volvió a parpadear y regresó al presente. Mientras Roxy colocaba el negligé junto a la liga, él se aclaró la garganta y se quedó mirando su corbata para distraer la atención.

–Greg y yo decidimos que necesitábamos un gran inversor para hacerlo y hacerlo bien. La semana pasada un posible inversor aterrizó en Sídney. Por teléfono, a Bob Nichols le gustó nuestro modelo de negocio y se mostró interesado en saber más, pero andaba escaso de tiempo. Antes de regresar a Texas, nos concedió una reunión a las cinco de la mañana del pasado domingo; la mañana después de la fiesta de Greg.

–¿Y qué piensa el padre de Greg de que su hijo abandone el negocio familiar?

–Al señor Martin no le hace gracia. Apoya a Greg, pero a cambio de ese apoyo espera lealtad total, a la familia y a la empresa.

Roxy sacó entonces de la caja un triángulo de satén no más grande que una carta. Con los elásticos colgando entre sus dedos, procedió a meter ese también bajo el mostrador.

Mientras alisaba con la mano las prendas, a Nate se le aceleró el pulso, porque ahora se imaginaba a Roxy en una habitación en penumbra llevándolo todo; la liga, el negligé y el tanga. En su imaginación, mientras él se arrodillaba ante ella y deslizaba las manos por sus caderas, ella susurraba su nombre, le pasaba los dedos por el pelo y acercaba su cabeza.

–¿Y el señor Nichols seguía interesado después de la reunión? –oyó que preguntaba Roxy.

Regresó al mundo real.

–Absolutamente. Aunque tampoco importa. Greg y yo hemos hablado esta mañana. Desde que Marla ha cancelado la boda, ha perdido toda motivación. Por el momento va a quedarse en la empresa familiar.

–¿Y por qué no sigues tú? Con el señor Nichols, quiero decir.

«Y me dejas en paz», pareció añadir con su tono de voz.

–Era nuestro proyecto, y sé que Greg lo lamentará si se retira ahora.

–¿Y? –preguntó ella con una ceja arqueada.

Él suspiró y se rindió.

–Y dos cabezas con conocimientos en la manufactura del acero son mejor que una.

Estaba satisfecho con sus habilidades, pero en los negocios, igual que en la vida, una persona necesitaba todos los refuerzos posibles. El descenso hacia el fracaso era resbaladizo. La caída de su padre hasta casi la pobreza le había enseñado bien esa lección.

Roxy metió la mano otra vez en la caja. Antes de que pudiera sacar cualquier otra cosa, Nate quitó la caja del mostrador y la dejó en el suelo.

–Creo que –dijo–, si consigo dejar a Greg y a Marla a solas, ella escuchará su parte de la historia y aceptará que esas fotos eran tendenciosas.

–Oh, ¿tú crees?

–Conseguirán arreglarlo.

–Entonces mantendrán la fecha en la iglesia –supuso ella–, y tú recuperarás a tu socio.

Correcto.

–La pregunta es... ¿cuento contigo?

–Debes de estar un poco sordo. Ya te he dicho que no me metas en esto.

–Dame un poco de tiempo y te convenceré.

–No.

–Cinco minutos –insistió él–. Tengo un plan. Podría marcar la diferencia entre la felicidad definitiva de tu amiga o una vida de soledad.

–Qué dramático.

Nate frunció el ceño.

–Sí, bueno, es muy importante para ellos.

–Y el niño bueno, o sea tú, no tiene nada que perder.

En esa ocasión Nate le devolvió el golpe y le dirigió una mirada penetrante.

–Esto no es por Greg y su despedida de soltero, ¿verdad? No se trata de si quieres ayudar a impedir que tu amiga cometa uno de los mayores errores de su vida. Estás siendo obstinada por lo que ocurrió entre nosotros hace meses. Te sentiste rechazada y estás dispuesta a dejar que tu amiga sufra porque estás enfadada conmigo.

–Si crees que ese argumento ayudará a tu causa, tienes más ego del que creía. ¿Has oído la expresión «Dios los cría y ellos se juntan»? Tratas a las mujeres como cosas. Probablemente elijas amigos que hacen lo mismo. Pero a ninguno os gusta que os lo digan a la cara.

Las palabras le ardían en la punta de la lengua, pero no le daría a Roxy la satisfacción de actuar como ella había anticipado. Estaba a punto de decirle que se olvidara de que le había sugerido que ayudara.

De hecho, podía irse al infierno.

Se dirigió hacia la salida, abrió la puerta y tuvo que contenerse para no dar un portazo al salir. Ya había caminado varios metros por la acera, a punto de colisionar con algunos viandantes, cuando el humo que le nublaba el juicio se disipó un poco. Por muy atraído que se sintiera hacia Roxanne Trammel, era una molestia a su lado. Haría bien en no volver a verla nunca, bajo ninguna circunstancia.

Pero, siendo sincero, comprendía que estuviese disgustada por su comportamiento de aquella noche. Nate nunca antes había hecho algo así, y disculparse mientras salía huyendo no servía para exculparlo. Pero Roxy no quería una confesión. Sin embargo sí quería ayudar a su amiga. Estaba convencido de que Marla debería al menos escuchar a Greg, y eso no ocurriría a no ser que él se tragara su orgullo, se diera la vuelta e intentara persuadir a Roxy una vez más.

Roxy aún estaba de pie tras el mostrador con aquel vestido de novia, contemplando los accesorios bajo la vitrina de cristal, cuando sonó la campanilla de la puerta y, sombrero en mano, Nate volvió a entrar en la tienda. Ella abrió la boca, pero él levantó una mano.

–Antes de que me eches de nuevo, deja que te diga que he sido un idiota por sacar el tema de aquella noche. No volverá a ocurrir. Pero no puedo marcharme sin pedirte una vez más que me ayudes a darles a esos dos la oportunidad que merecen, la oportunidad que Marla querría si estuviera pensando con claridad.

–Tal vez esté pensando con claridad.

–Solo dame cinco minutos para contarte lo que tengo en mente.

–¿Cinco minutos? ¿Y ya está?

–Ni siquiera tardaré tanto.

Ella casi sonrió.

–Cualquiera diría que estás muy seguro de ti mismo.

–Con esto sí.

Roxy se llevó las manos a las caderas. Tras varios segundos se relajó y se miró el vestido.

–Primero deja que me cambie –dijo–. No quiero darte urticaria. Si alguien entra buscando el vestido perfecto, dile que enseguida salvo.

Pero eran más de las cinco de la tarde de un viernes; hora de cerrar.

–¿Por qué no le doy la vuelta al cartelito?

–Ni te atrevas –dijo Roxy mientras desaparecía por la puerta de la trastienda–. Necesito todas las ventas posibles.

La gente en los negocios tenía que ser agresiva, pero la energía detrás de aquel comentario era toda una admisión. Por como había hablado seis meses atrás, Roxy vivía para su tienda, por el privilegio de contribuir personalmente a la magia del matrimonio, pero parecía que su empresa no iba bien. ¿Querría ayudar a Greg y a Marla cuando supiera su plan? ¿Cuando supiera que tendría que dejar su tienda unos días? Tal vez si el trato incluía ver cómo lo colgaban, lo ahogaban y los descuartizaban...

Era cierto que su comportamiento de aquella noche no había sido nada caballeroso, pero había tenido sus razones para marcharse, igual que Roxy había tenido las suyas para aferrarse como lo había hecho. Obviamente ella estaba buscando un hombre para una relación seria. ¿Qué tenía de malo hacerle saber que él no era ese hombre? Sin duda eso era mejor que seguirle la corriente.

Sonó la campanita de la puerta y entraron dos mujeres que, a juzgar por la diferencia de edad y el parecido, Nate pensó que serían madre e hija. Se acercó a una fila de vestidos y fingió interés. Tal vez Roxy fuese difícil, pero, incluso aunque su tienda estuviese llena, él nunca se interpondría en mitad de una compra. A la gente le gustaba tener espacio. Imaginaba que eso se aplicaría más aún a las novias que buscaban su vestido de boda.

Así que fue pasando de vestido en vestido mientras repasaba los detalles de su plan una vez más. Aparte de tener que abandonar Sídney durante unos días, se preguntó si a Roxy le gustaría la idea de desempeñar un papel tan activo, o si Greg y Marla se lo tragarían.

En el otro extremo de la habitación, las dos mujeres estaban conversando en voz baja. Cotillear nunca había sido su estilo; sin embargo, las palabras que llegaron a sus oídos le preocuparon lo suficiente para dejar a un lado sus escrúpulos.

–No encontraremos nada –se quejó la hija–. Estamos en las afueras. Ya has visto el cartel. Dios, si los cose ella misma.

–Estamos aquí, Violet –la alentó la madre–. Vamos a echar un vistazo. Nunca se sabe lo que puedes encontrar.

Comenzaron a pasar perchas una tras otra y Violet suspiró.

–No, no, no, no –un segundo suspiro, más impaciente–. Una pérdida de tiempo.

Nate no tenía ni idea; la moda femenina no era su fuerte. Pero la ignorancia y los prejuicios eran dos cosas diferentes. Obviamente Violet había tomado una decisión antes de entrar en la tienda. Si se quitase la venda, seguro que encontraría algo que podría gustarle.

Roxy había dicho que necesitaba las ventas. Dado que había accedido al menos a escuchar su plan, ¿por qué no devolverle el favor e intentar ayudar?

Con un vestido en la mano, se dio la vuelta y suspiró con satisfacción.

–Este es perfecto. Dios, le encantará –dijo con una sonrisa, y se dirigió a las mujeres–. Perdón. Estaba pensando en voz alta.

Violet se volvió.

–¿Tu prometida está en el probador? –preguntó.

–Le he dicho que se reuniera conmigo aquí. Estoy deseando que vea este vestido.

La madre arqueó una ceja.

–Nunca había oído que un novio eligiera el vestido de su novia.

–Emma ha estado en todas partes. Pensaba que era mejor que le hicieran uno y una amiga le recomendó este lugar. Estaba tan disgustada. Incluso había hablado de cancelarlo todo.

–No –dijo Violet horrorizada.

–Es la mujer de mis sueños –dijo él–. Quiero tener hijos con Emma. Muchos hijos. Nunca pensé que pudiera amar tanto a nadie como amo a mi Emma. Solo tengo que ayudarla a encontrar el vestido perfecto.

–Así se llama este lugar –le susurró Violet a su madre–. Vestido Perfecto.

–Es un vestido bonito –convino la madre.

–No me preguntéis cómo lo sé, pero lo sé –dijo Nate–. Mi Emma parecerá un ángel con él.

La madre sacó otro vestido.

–Cariño –dijo–. Mira. Estas cuentas son exquisitas. ¿Has dicho que la dueña los cose ella misma?

Violet examinó el vestido, se lo pegó al cuerpo y, cuando empezó a buscar un espejo, Nate intervino de nuevo. Había un cartel colgado cerca de la entrada que señalaba hacia un pasillo.

–Los probadores están por ahí –dijo con un movimiento de cabeza.

Pero Violet había encontrado la etiqueta con el precio y le dijo a su madre:

–Sé que dijiste que no me preocupara por el precio, pero... –cuando Violet susurró la cifra, Nate lo oyó y estuvo a punto de caerse de espaldas. ¿Las mujeres se gastaban tanto dinero en un único vestido?

Por suerte la madre no pestañeó. Le quitó importancia a las preocupaciones de su hija con un movi-

miento de su mano enjoyada y, cuando ambas mujeres se habían ido hacia los probadores, Nate oyó un
«psss». Se dio la vuelta.

Oculta tras esa puerta, Roxy estaba haciéndole se-
ñas. Nate colgó el vestido y atravesó la habitación; aunque no lo suficientemente rápido, al parecer. Ella sacó
la mano y lo arrastró al interior de la trastienda.

–¿Qué estás haciendo? –preguntó ella cerrando la
puerta.

–Reflotar el negocio.

Roxy se quedó mirándolo como si acabase de admitir que comía tarántulas bañadas en chocolate.

–No puedes mentir así.

–No es mentir –dijo él–. Estoy creando una oportunidad.

Horrorizada, Roxy se apoyó contra la puerta.

–No quiero ni pensar en la oportunidad que has
ideado para Marla y Greg. No puedes venir aquí in-
ventándote historias. Esto es un negocio. Dependo de
mi reputación.

–¿Y cómo he dañado tu buen nombre?

–Si esas dos mujeres lo descubren, creo que el término legal es «fraude».

–Nunca lo descubrirán.

–Tal vez deba salir ahí y decirles la verdad.

Fuera se oyó la campanilla en el mostrador y Roxy
dio un respingo.

–Enseguida salgo –gritó, y entonces se dio cuenta
de que seguía llevando el vestido puesto.

–Creí que ibas a cambiarte.

–No alcanzaba la cremallera –se dio la vuelta y
Nate se encontró con una tentadora vista trasera–. Tendrás que ayudarme.

Las alarmas se dispararon en su cabeza. Una invitación y piel desnuda eran sinónimo de tentación. Cierto, lo que Roxy le proponía parecía inocente, pero en esencia estaba pidiéndole que la ayudara a desnudarse.

–Creo que voy a pasar –dijo él.

–No puedes pasar.

–Es mejor que no lo haga.

–Confío en que no harás ningún daño –al ver que Nate no se movía, lanzó un gruñido–. Está bien, vamos a aclarar las cosas –se llevó las manos a las caderas y se dio la vuelta de nuevo–. No diré que no disfruté el beso que compartimos aquella noche porque, aunque odie admitirlo, lo disfruté. Y admito que mi reacción fue... entusiasta. Pero, si crees que estoy tan desesperada como para utilizar el sexo para lograr una proposición matrimonial, te equivocas. Y, si fuera a hacer algo tan horrible, no sería contigo. De hecho me han besado desde entonces y, francamente, el tuyo palidece en comparación.

Nate sonrió. Y ella era la que le llamaba mentiroso a él. Sabía lo mucho que había disfrutado aquel beso. Casi tanto como él.

Aun así, si ella podía hacerse la fría, ¿acaso él no? Solo era una cremallera.

Nate levantó un dedo y lo giró. Ella se levantó la falda y se dio la vuelta.

–No hay cremallera –dijo él.

–Es invisible –respondió Roxy–. Palpa por dentro de la entretela del corpiño.

Nate se rascó la cabeza. ¿Había dicho invisible?

–¿El qué del corpiño?

–Desliza el dedo arriba y abajo por el interior de la costura –le lanzó una mirada por encima del hombro–. Sabes lo que es una costura, ¿no? Y no tires con demasiada fuerza.

Nate agitó las manos y se frotó las palmas. Ni calor ni frío. Todo bien. Metió un dedo dentro.

Roxy tenía la piel caliente y suave como el satén. Y ahora era consciente de que llevaba el mismo perfume que aquella fatídica noche. Sutil. ¿Algo con lavanda? Daba igual cuáles fueran los ingredientes. El aroma era ligero, fresco y...

Nate se llenó los pulmones.

«El tipo de aroma que podría pasarme oliendo todo el día», pensó.

Abrió de golpe los ojos, que parecían habérsele cerrado.

Roxy había insinuado que había tenido citas desde aquella noche. Se inclinó hacia ella y deslizó el pulgar hacia abajo. Se odiaba a sí mismo por preguntar, ¿pero acaso no podía sentir curiosidad?

–Así que deduzco que sales con alguien.

–Con nadie en particular.

Mientras digería esa información, encontró algo pequeño y difícil de agarrar en lo alto del pliegue. Retorció el dedo para agarrarlo y añadió:

–Y aun así alguien te ha deslumbrado.

Los mechones sueltos del recogido de Roxy le acariciaron la mano cuando se movió.

–Me han deslumbrado varias veces desde aquella noche.

En ese momento sonó la campanilla del mostrador.

–Enseguida salgo –gritó Roxy, y después se dirigió a él–. ¿Por qué estás tardando tanto?

–No tengo experiencia –gruñó él. Al menos con un vestido de novia. Aquella maldita cosa no se deslizaba como debería.

–No lo fuerces –le dijo Roxy.

–No estoy forzando nada.

Cambió los dedos de posición y comenzó a intentar bajar la cremallera otra vez.

–Eres demasiado brusco –se quejó ella tres segundos más tarde.

–Relájate. Solo unos segundos más.

–Nate, no tan fuerte.

–Ya casi está...

La cremallera cedió de pronto.

De hecho fue el tejido el que cedió, abriéndose hacia los lados.

Roxy se quedó rígida y a Nate se le detuvo el corazón mientras contenía la respiración y miraba.

Casi no era un roto. Apenas se veía. Pero, cuando Roxy se dio la vuelta, su expresión lo dijo todo. Su cara era una mezcla de incredulidad, angustia y rabia.

–Dime que no has rasgado el vestido –le dijo–. No lo has hecho, ¿verdad? Este vestido no.

La rabia en sus ojos se volvió miedo y después parecieron humedecerse.

–No es tan malo –le dijo él señalando con los dedos–. Tal vez un par de centímetros.

Volvió a sonar la campanilla.

–¿Hay alguien ahí?

–Ya voy –respondió Roxy, pero en esa ocasión la voz se le quebró.

–Roxy...

Mientras los ojos se le llenaban de lágrimas, Roxy tomó aire y, en cuestión de segundos, toda su rabia y su energía parecieron esfumarse. Apretó los labios, tragó saliva y se encogió de hombros.

–No importa –murmuró, y él frunció el ceño.

–¿Qué es lo que no importa? –cuando Roxy salió de la habitación él la siguió–. Roxy, respóndeme.

–No importa –repitió ella–, porque este vestido es... o era el de Marla.

Nate se quedó con la boca abierta. ¿Acababa de romper el vestido de la prometida de su amigo? Eso no era una buena profecía. ¿Y por qué lo llevaba puesto la mejor amiga de la novia?

Cuando se reunió con Roxy en el mostrador, ella estaba mirando a su alrededor en una habitación vacía. Parecía que aquellas clientas en potencia se habían rendido e ido a casa. Pero entonces aquella misma voz volvió a sonar, en esa ocasión desde los probadores. Momentos más tarde apareció esa señora mayor. Al verlos, se llevó las manos a las mejillas con alegría.

–Oh, cielos. Esta debe de ser tu futura esposa. Y tienes razón –se dirigió a Roxy–. Ese vestido te queda perfecto. Mi Violet cree que también ha encontrado el suyo.

–¿De verdad? Eso es maravilloso –la decepción de Roxy por el rasgón accidental se transformó en una sonrisa esperanzada. Después se miró el vestido–. Pero este vestido no... –se le sonrojaron las mejillas y se frotó la frente–. Bueno, es un poco difícil de explicar.

–No es necesario –dijo la mujer–. Mi Violet pasó por lo mismo –confesó–. Ansiedad. Tantas decisiones. Pero cuando has encontrado a un hombre que está tan enamorado de ti, tan comprometido, ¿cómo pueden salir mal las cosas? Eres una mujer afortunada –sonrió a Nate–. Una pareja afortunada.

Nate se estremeció. Aquella mujer lo había interpretado todo mal. Roxy no era Emma. No había ninguna Emma y no la habría en mucho tiempo, si podía evitarlo.

–¿Ocurre algo con el vestido, querida? –preguntó la mujer.

–Oh, no –respondió Roxy–. Me encanta. Más que

ningún otro vestido. El satén es suave como pétalos de rosa. Las líneas son exquisitas. Es solo que el vestido es...

–Precioso –intervino Nate, sabiendo que debería haber dejado que continuase y aclarase el malentendido. Pero el vestido era, en efecto, deslumbrante.

Cuando Roxy le dedicó una sonrisa que señalaba que agradecía el cumplido, Nate sintió un intenso calor en el pecho, una sensación que disfrutó tanto como despreció.

–Pero no soy la prometida de este hombre –le dijo Roxy finalmente a la mujer.

–No lo comprendo.

–Soy la dueña de la tienda. Roxanne Trammel.

La mujer asimiló la noticia y se presentó como Ava Morris antes de fijarse en Nate.

–¿Dónde está tu prometida? Espero que no ocurra nada.

Nate se frotó la mandíbula. Él solo había querido ayudar, echarle una mano a Roxy con una posible venta.

–De hecho –dijo–, mi prometida...

–Está en la parte de atrás –intervino Roxy–. Emma está eligiendo accesorios.

La señora Morris sonrió aliviada.

–¡Qué rapidez!

–A veces es así –dijo Roxy.

–¿Puede alguien ayudarme con esto? –gritó una voz desde el probador.

Roxy se levantó la falda para ir a ayudarla, pero la señora Morris levantó una mano.

–Yo ayudaré a Violet. Tú encárgate de lo demás.

La señora Morris desapareció y, avergonzado, Nate se tiró de una oreja.

–Siento lo de Emma.

–No deberías haber mentido. No lo apruebo –le dijo Roxy–. Pero agradezco que hayas intentado ayudarme. No quería avergonzarte.

–Tendremos que volver a vernos para hablar del plan de Marla y Greg.

–Te daré mi dirección de correo electrónico –se acercó al mostrador y sacó una tarjeta–. ¿Por qué no me envías tus ideas para Greg y Marla? Con suerte yo estaré con Violet durante un rato.

–Preferiría contarte mis ideas cara a cara.

–No sé a qué hora estaré libre.

–Podría dar una vuelta. O ayudar más. Tal vez reparar la cremallera –sugirió él–. Siento mucho eso.

–Supongo que no podrás ayudar si eres demasiado fuerte.

–Debería haberme tomado más tiempo.

Tal vez ni siquiera debería haber ido. Pero creía en Greg y no podía abandonarlo. También creía en su negocio y tampoco podía abandonar eso. No había otra salida, y para llevar a cabo su plan necesitaba ayuda. Necesitaba a Roxy.

Radiante bajo las luces de la tienda, Roxy le ofreció la tarjeta, pero Nate se fijó en el pulso que le latía a un lado del cuello. Extraño, pero en aquel momento fue como si pudiera sentir aquel latido igual que sentía el suyo.

Cuando ella se acercó más, Nate extendió la mano y aceptó la tarjeta. No había querido que sus dedos se rozaran, pero en ese instante vio cómo el pulso de su cuello se aceleraba.

Una y otra vez se había preguntado qué habría sucedido si se hubiera quedado aquella noche seis meses atrás. ¿Qué principio de la física decía que habría de compartir el destino de su padre, así como el de su abuelo? Pero, mientras miraba a Roxy, el mundo pareció esfumarse y una serie de imágenes aparecieron en su mente...

Sus padres el día de su boda, dos meses después de conocerse. Su abuelo y su abuela vestidos de novios tan solo seis semanas después de su primera cita. Si alguna vez él mencionaba el mito, su padre simplemente se encogía de hombros. Cuando un hombre Sparks encontraba a la mujer adecuada, ya no importaba nada más. Era mejor rendirse. Las campanas de boda sonarían de manera inminente.

Después de casarse, su padre había abandonado su sueño de terminar la escuela de medicina y convertirse en cirujano. En vez de eso, había aceptado un puesto como celador en un hospital, lo que se traducía en menos ingresos para mantener a los cinco hijos que tuvieron, pero más tiempo para estar con su adorada esposa, lo único en su vida que parecía importar. Aunque no siempre era tan romántico como podría sonar.

Nate no podía olvidar las semanas que su madre había pasado convaleciente tras un accidente de coche cuando él tenía doce años. Los niños habían necesitado autoridad, fuerza, esperanza. En vez de eso, su padre había dejado de comer y de comunicarse. Se había marchitado por amor. Tampoco olvidaba la vez en que su padre había tenido la oportunidad de volver a estudiar, pero había decidido apoyar el sueño de su esposa de convertirse en pintora cuando ni siquiera tenían para comer.

Había otras historias similares sobre los hombres Sparks y sus mujeres a lo largo de la historia. Matrimonios precipitados seguidos de una vida de devoción desproporcionada. ¿Serían los genes o una maldición? Claro, que también podía ser una coincidencia.

Pero, al darse cuenta de que había colocado la otra mano sobre la cintura de satén de Roxy, al darse cuenta de que estaba inclinando la cabeza hacia ella, supo la verdad.

Las coincidencias no tenían nada que ver con eso.

Debería haber huido cuando estaba a tiempo.

Capítulo 2

CUANDO su garganta emitió un sonido profundo que resonó en los huesos de Roxy, se vio envuelta por el recuerdo de los sueños que la habían atormentado durante los últimos meses. Un segundo más tarde la besó, y sus inhibiciones con respecto a Nate Sparks y a su dudoso afecto se esfumaron como por arte de magia.

En un lugar recóndito de su mente comprendió que había sucumbido sin protestar. Era consciente de sus pechos, duros y sensibles, frotándose contra su torso. Después de sus palabras, después de cómo Nate había huido aquella noche, debería sentirse avergonzada por haberse rendido. Debería estar horrorizada.

Pero no lo estaba.

La magia de sus besos seguía siendo igual de fuerte. De hecho, el placer que despertaba en su interior había crecido.

Se centró en las sensaciones individuales, pero las absorbió todas a la vez; el roce de su mandíbula, su aroma embriagador, la manera que tenía de consumirla. Las sensaciones eran tan puras que aquello parecía una tortura dulce. Entonces sintió sus manos en la espalda, presionándola contra él, y Roxy se disolvió más aún.

Le acarició la mandíbula con las manos.

—Te pillé —susurró contra sus labios.

Nate se tensó. Abrió los ojos y se apartó de un salto como si alguien le hubiera clavado un palo en el estómago. Apretó los labios mientras se pasaba una mano por el pelo.

Roxy sonrió.

—¿Qué diablos estás haciendo? —preguntó él.

—Demostrar algo.

—¿Demostrar qué?

—Que no se ha acabado el mundo.

Nate apretó la mandíbula.

Pero entonces su furia y su sorpresa desaparecieron y en su lugar apareció una sonrisa. Parecía bastante satisfecho consigo mismo.

—Tienes razón —le dijo—. No se ha acabado el mundo. El cielo no se ha cubierto de rayos y nubes. La reacción física a los estímulos no tiene nada de malo. La excitación sexual sucede todos los días.

—Espero que no te ofendas —dijo ella—, pero tengo que ir a ayudar a Ava y a Violet.

Él asintió y le pasó una tarjeta.

—Llámame cuando hayas terminado.

—Puede que sea tarde.

—Soy un ave nocturna.

Tras dejar la tarjeta sobre el mostrador, salió por la puerta y Roxy respiró tranquila.

Había fantaseado sobre cómo algún día podría cambiar las tornas y hacer que Nate se sintiera tan pequeño como se había sentido ella aquella noche. Había merecido la pena despertar aquellos sentimientos maravillosos con tal de ver su expresión.

Aun así... nadie besaba como Nate Sparks.

—Eh, buen partido.

Al terminar de jugar un partido de squash en la pista privada que Greg Martin tenía en su casa, Nate le dio una palmada a su amigo en la espalda mientras caminaban hacia el vestuario, que tenía tres duchas, una sauna y aparatos de masaje terapéuticó. Nate no había mencionado aún a Marla, pero pensaba hacerlo. Estaba decidido a ayudar a Greg a arreglar su vida, aun a riesgo de exponerse al peligro público número uno. La chica de los labios.

Mientras intentaba olvidar los efectos de su último beso con Roxy, Nate agarró una toalla mientras Greg dejaba su raqueta en el banco.

–He jugado fatal –dijo su amigo antes de quitarse la camiseta–. Pero agradezco la compañía. La alternativa era cenar con mis padres. No creo que pudiera soportar las preguntas de mi madre esta noche, ni que mi padre se pusiera rojo intentando contener su alivio.

Satisfecho de ver que su hijo se quedaba en la empresa familiar, supuso Nate mientras metía su raqueta en la bolsa.

–Vamos a solucionar esto. Tú no contrataste a esa stripper en tu despedida de soltero, no le pediste que se sentara en tu regazo y tampoco pediste esos chupitos durante el breve periodo de tiempo que ella estuvo allí. Fue Woody Cox –uno de los amigos de Greg desde la universidad–. Incluso admitió haber colgado las pruebas en Internet.

–Se disculpó en cuanto lo descubrí.

–No fue lo suficientemente pronto –las noticias en las redes sociales corrían como la pólvora–. Pero Marla no puede seguir enfadada para siempre.

–¿Eso crees? Una conversación telefónica, ella llorando, yo rogando, y se niega a volver a verme. Mucho menos a casarse conmigo. Le he enviado una furgoneta llena de flores, un brazalete de diamantes a juego con el anillo. Incluso he alquilado un andamio y he hecho una presentación de diapositivas de nuestros mejores momentos frente a su ventana. Tiró nuestra foto de compromiso por la ventana.

—Después de quitarse eso de encima, puede que esté dispuesta a hablar.

—Cuando escribió un correo electrónico a todos nuestros invitados diciendo que la boda se cancelaba, ¿qué podía hacer yo?

—No rendirte.

Esa era la razón por la que Greg y él eran amigos. Pensaban igual. Nate sabía que Greg nunca engañaría a una mujer porque él tampoco lo haría. Aunque no era tan ingenuo como para creer que no existían las indiscreciones entre parejas.

En la fiesta de compromiso seis meses atrás, Roxy y él estaban hablando en la terraza del restaurante cuando ella mencionó a su padre y sus hazañas. No se extendió sobre el tema, pero dijo lo suficiente para dejar clara su situación cuando era niña. La vida era confusa para una niña cuando su padre era un mujeriego y su madre se negaba a ver las cosas como eran: una traición no solo a la esposa, sino también a la hija.

—Tal vez Marla esté mejor sin mí —estaba diciendo Greg.

—¿Igual que Aceros Sparks Martin estaría mejor sin ti?

—Sé que estás decepcionado, pero créeme, es mejor que sigas solo. Ahora mismo no soy bueno para nadie. Acabaría por decepcionarte —Greg se dirigió hacia la salida—. Voy a ducharme dentro.

Nat se puso una camisa limpia y siguió a su amigo. Era hora de poner en marcha la primera fase de su plan.

–¿Por qué no nos escapamos un par de días? Tenías las vacaciones pedidas de todos modos.

Días libres para terminar de organizar la boda con Marla.

–Sería una compañía pésima –dijo Greg–. Estoy mal. Te llamaré durante la semana.

Mientras Greg recorría el camino que conducía hacia su apartamento ubicado en Potts Point, la extravagante finca de sus padres, Nate apretó la mandíbula. No pensaba rendirse.

Cuando vibró su móvil en la bolsa de deportes, miró la pantalla y se le aceleró el corazón.

–¿Es la señorita de los labios seductores? –preguntó al responder.

–No tiene gracia –dijo Roxy–. ¿Sigue en pie lo de esta noche?

¿Con respecto al plan de Marla y Greg?

–Desde luego. ¿Has cenado?

–Me apetece sushi.

–Pescado crudo –comentó Nate mientras se dirigía hacia su coche.

–¿Quién habría dicho que tuvieras tanta cultura?

–Yo voto por chino.

–Hecho –ella sugirió un restaurante muy conocido.

–¿Quedamos en treinta minutos? Tengo que cambiarme.

–Solo por ti, yo me cambiaré también. El satén blanco empieza a pesarme.

Nate la oyó reírse antes de colgar y, a pesar de su estado de ánimo, no pudo evitarlo y se rio también.

Roxy llegó al restaurante de China Town justo a la hora.

La sala estaba bordeada por enormes ventanales arqueados, olía a cocina asiática y estaba iluminada por un cielo de farolillos en forma de calabaza. Una mujer esbelta vestida de rojo la condujo a su mesa y, cuando Roxy se sentó, supo que Nate agradecería la ubicación: en pleno centro del restaurante, a la vista de todos. Aquel segundo beso había sido más desconcertante que el primero; ni Nate ni ella necesitaban ponerse a prueba cenando en una mesa medio escondida. También había escogido su atuendo teniendo en cuenta las mismas barreras.

Unos pantalones negros y una camisa ancha de seda negra con chaleco a juego. Las sandalias de tacón eran un básico con aquel traje, pero esa noche se había decantado por las botas. Y nada de medias de seda tampoco. Pantis negros y su sujetador más feo. ¿Quién podría excitarse llevando eso? Era asombroso lo que una encontraba rebuscando en el fondo del cajón de la lencería.

Roxy miró hacia la puerta. Nate no llegaba, así que se sirvió agua de una jarra y examinó la mesa. Pasó los dedos por los símbolos impresos en su mantel del zodiaco chino y sonrió. ¡Los años indicaban que ella era un tigre! Poderosa y apasionada.

¿Qué signo sería Nate? Un conejo ágil, tal vez. O un mono arrogante. Resopló y extendió su servilleta.

Pero en realidad Nate era una serpiente solitaria, esperando alguna víctima descuidada para engatusarla.

Cinco minutos más tarde llegó Nate, espléndido con unos chinos y una camisa informal, Roxy se bebió el agua con hielo para evitar que su imaginación calenturienta acabara ardiendo.

Tenía el pelo húmedo después de la ducha y sus

hombros parecían más anchos. No se había afeitado y la sombra de su barba incipiente solo servía para aumentar su atractivo.

¿Podía un hombre volverse más sexy en cuestión de horas?

Nate la vio y atravesó la sala con un paso decidido que hizo que todas las mujeres del restaurante dejaran los palillos y girasen la cabeza. Al llegar a la mesa, llamó a un camarero que pasaba al mismo tiempo que se sentaba.

—Necesitaré algo más fuerte —dijo al ver que ella se rellenaba la copa de agua—. ¿Quieres que compartamos una botella de tinto?

—Nada de alcohol para mí.

—¿Quieres mantener la cabeza despejada?

Roxy parpadeó al ver el brillo cómico en sus ojos azules. Pero, después del comentario de los labios seductores, admitiría al menos eso. Francamente, lo último que necesitaba esa noche era que sus inhibiciones se vieran amenazadas.

—Tengo que estar en la tienda mañana temprano —dijo—. Tengo una semana muy ocupada.

—De hecho quería hablar contigo de eso.

Antes de que pudiera explicarse, llegó el camarero y Nate pidió una copa de cabernet sauvignon.

—Para intentar que Greg y Marla vuelvan a estar juntos —prosiguió cuando el camarero se marchó—, tienes que hablar con tu amiga para salir de Sídney unos días. A algún sitio aislado donde no pueda subirse a un avión y escapar antes de oír la versión de Greg.

—Perdona —dijo ella—. Creo que he oído mal.

—Tendremos que enviar a Greg allí también, por supuesto.

—¿Sin que ninguno de los dos lo sepa? —Roxy controló sus ganas de reírse. ¿Ese era su plan?–. ¿Estás loco? Primero, te odiarán por haberles engañado. Segundo, a no ser que los arrastres de los pelos, nunca irán.

–Eso es. Yo me llevo a Greg. Tú te llevas a Marla.

–¿Quieres que me lleve a Marla a algún lugar aislado para que pueda encontrarse con Greg y le arranque la cabeza?

–Quiero que se vean para que puedan arreglar esto. Nosotros los mantendremos encaminados.

–Nosotros. ¿Tú y yo? ¿Quieres que deje mi tienda para irme contigo a Dios sabe dónde? Tengo un negocio.

–Puedes dejar a alguien al mando.

Roxy quería levantarse e irse. Era un maldito arrogante hijo de...

Respiró profundamente y reordenó sus pensamientos.

Después del depósito de Violet aquella tarde, casi había conseguido cuadrar las cuentas. Tras realizar los pequeños arreglos y entregarle el vestido, dejaría de estar en números rojos. Pero eso no significaba que pudiera permitirse una escapada. La economía estaba muerta. La gente recortaba gastos, incluso en cosas básicas como el vestido de novia perfecto. Tenía que mantenerse alerta.

–Si necesitas fondos –dijo él como si le hubiera leído el pensamiento–, puedo ayudarte.

–Debes de estar loco si piensas que aceptaría algo tuyo.

–Estás siendo obstinada.

–No lo entiendes. No voy a ninguna parte contigo –se cruzó de brazos–. Y no pienso mentirle a Marla.

–¿Ni aunque eso signifique asegurar su felicidad?

–Eso es lo que tú dices. Me gustaría pensar que Greg es inocente, pero...

Estaría siendo ingenua, como lo había sido su madre durante demasiado tiempo. A algunos hombres les gustaba tener aventuras, sin importar lo devotos que pudieran parecer, como su padre.

Nate estaba doblándose el puño de la camisa y dejando al descubierto su antebrazo bronceado. Parecía tan fuerte y masculino que Roxy recordó lo perdida que se había sentido aquella tarde al besarlo. Y, a pesar de saber que nunca aprobaría nada de ese hombre, no pudo evitar preguntar:

–Quieres que deje mi tienda y vuele, ¿dónde exactamente?

–Al interior.

–¿De verdad?

–¿Te apetece?

–Me gustaría experimentar el polvo rojo y las llanuras al menos una vez en mi vida.

–¿Y qué hay de las serpientes y los escorpiones?

–Creí que querías convencerme.

–Cierto. Las canciones de los martines pescadores te despertarán cada mañana, disfrutarás de una vista panorámica de las colinas rojizas y de los preciosos atardeceres, por no mencionar el atractivo mágico de esas noches estrelladas sin fin. ¿Qué tal lo estoy haciendo?

Roxy suspiró por dentro. Era fabuloso, pero distaba mucho de ser sencillo. Recordó su odio cuando se encontró aquella foto de Nate con esa mujer pocos días después de haberla dejado plantada en su puerta.

–Yo solo quiero hacer lo mejor para Marla.

El camarero llegó y le sirvió un poco de vino a Nate para que lo probara. Él lo paladeó, dio su aprobación y dejó la copa en la mesa para que se la llenara.

—¿Puedo preguntarte algo?

—Creí que ya lo habías hecho.

Nate ignoró su tono y preguntó:

—¿Por qué llevabas puesto el vestido de Marla hoy?

—Soy una persona táctil —respondió ella—. Pensaba que, al ponerme el vestido y sentir la tela sobre mi piel, me daría algunas ideas.

—Necesito más información.

Roxy apretó los labios, pero hablar de una mala situación no podía empeorarla, incluso aunque estuviese hablando con un hombre en el que no confiaba.

—Ese vestido participa en un concurso —admitió—. El primer premio incluye que desfile en París, entre otras cosas fabulosas.

—Y aun así pareces triste.

—Una de las condiciones del concurso es que el vestido haya sido llevado en una boda antes de final de mes. Si la boda de Marla y Greg se cancela, no hay posibilidad de que el vestido llegue al número uno. Y ni siquiera a un puesto de honor.

—¿Qué quería Marla que hicieras con el vestido?

—No le importa. Siempre y cuando no tenga que volver a verlo.

—Así que se lo pondría otra mujer. Podrías poner un anuncio o algo, siempre y cuando la boda se celebre antes del treinta y uno.

—Ya había pensado en eso, pero este vestido es especial. No podría dárselo a cualquiera que no lo apreciara.

—¿Ni siquiera por el premio del concurso?

Aunque se lo explicara, no lo comprendería. La gente no valoraba lo que tenía gratis. Aquello por lo que no tenían que pelear. Ese vestido se merecía adoración.

—¿Y si Greg y Marla vuelven a estar juntos? —agarró su copa de agua–. No es que diga que va a suceder. Pero no sé si tengo que ayudar a que se junten o regalar su vestido.

–Si se juntan, todos nuestros problemas quedarán resueltos, incluyendo lo del vestido. A Greg le pillaron en un momento poco favorecedor. Puede ocurrirle a cualquiera.

–A mí nunca me ha ocurrido.

–Estoy convencido de que Marla y Greg están hechos el uno para el otro. Un hombre se enamora solo una vez en la vida.

–Vaya. Menuda convicción. Cualquiera diría que eres un experto.

–No quieras saber lo experto que soy.

Roxy colocó los codos en la mesa y apoyó la barbilla en las manos.

–Sí que quiero.

Nate dio un trago al vino y después dejó la copa.

–La verdad es que provengo de una familia feliz.

–Necesito más información.

–Mi padre se enamoró de mi madre a primera vista. Se casaron un par de semanas más tarde. Siempre he sabido que eran felices. Estaban destinados a serlo. La forma de mirarse... Marla y Greg se miran del mismo modo. No es algo que pueda fingirse.

Roxy sintió un nudo en la garganta. Sentía tristeza y envidia al mismo tiempo. ¿Cómo sería crecer en un mundo tan estable y predecible y, a juzgar por la cara de Nate, no apreciarlo lo suficiente?

–Debe de ser genial tener unos padres que se quieran. Creo que mencioné que mi padre ha estado casado tres veces.

Nate hizo gestos para que el camarero le llevase otra copa a Roxy.

–¿Y tu madre?

–Tiene un círculo de buenas amigas.

–¿Pero ningún amigo?

–Ya no cree en el amor.

–¿Y su hija crea vestidos de novia?

–Mi madre apoya lo que hago –dijo Roxy, y dio un trago a su copa–. Dice que está orgullosa de mí.

–¿Y tú?

–Claro que estoy orgullosa de mi carrera.

–Me refería a si crees en el matrimonio.

La pregunta desconcertó a Roxy. Creía que Nate ya la había etiquetado como una gran admiradora; una mujer que se aferraba a lo primero que llegaba y no se soltaba. Y no le mentiría.

–Sí que creo. También creo que no hay que precipitarse. Parece que tus padres tuvieron suerte, pero los míos también se casaron después de un romance precipitado y salió mal.

–¿Así que contigo hace falta un largo periodo de compromiso?

–Tengo una carrera de la que ocuparme. Lugares que quiero visitar. Gente a la que me gustaría conocer. Aún no estoy preparada para tener algo serio con alguien.

–Eso es lo que yo siento.

–Me lo imaginaba –comentó ella con una sonrisa sarcástica.

–Tengo una idea –dijo él, y agarró su copa como si fuera a hacer un brindis–. Si accedes a formar parte de este plan y Greg y Marla no se arreglan...

Echó la cabeza hacia atrás como si estuviera pensándoselo mejor, pero a pesar de todo ella sentía curiosidad.

–Y si no se arreglan, ¿qué?

–Si no se arreglan, yo te llevaré por el pasillo de la iglesia mientras llevas el vestido puesto.

A Roxy se le nubló la vista y se le olvidó respirar. Cuando al fin consiguió llenar los pulmones, fue con líquido. Entonces tosió y tuvo que taparse la boca con la servilleta.

–Debes de tener fiebre –dijo cuando se calmó–. Estás delirando.

–Tienes mucho que ganar y nada que perder.

–Salvo la amistad de Marla cuando me expulse de su vida por mentirle.

–Apuesto a que llamará a su primera hija como tú. Si no, lo comprenderá. Eso es lo que hacen las amigas.

Roxy dejó la servilleta lentamente.

–¿Realmente te comprometerías a acompañarme por el pasillo llevando ese vestido?

–Es por una buena causa. Además, existen las anulaciones. No estamos hablando en serio, Roxy. Es solo el medio para llegar a un fin. Ambos estamos de acuerdo. Ninguno de los dos buscamos ese tipo de compromiso.

Roxy parpadeó y sintió que se le sonrojaban las mejillas. Bueno, claro, eso era lo que había querido decir. Aquella proposición no era más que una manera de llegar donde deseaba ir.

–¿Eso es un sí? –preguntó él.

Roxy arqueó una ceja. Ella no había dicho eso. No podía acceder.

–Es una idea demasiado descabellada.

–Tal como lo veo yo, para ti es un cinturón de seguridad.

Roxy se quedó mirando su mantel con el zodiaco chino. ¿Era como un tigre? ¿Poderosa y apasionada? Nate ya había dicho que no sería una boda de verdad...

si acaso Marla y Greg no conseguían hacer las paces. Una parte de ella le gritaba: «¡Hazlo! Él tiene razón. ¿Qué tienes que perder?». Otra parte de ella se estremecía y le advertía: «No seas idiota. Esto te va a explotar en la cara».

Roxy se mordió el labio inferior.

—No sé...

—No deberías decidir nada con el estómago vacío. Vamos a pedir y lo hablamos después. Al fin y al cabo, tenemos toda la noche.

Una hora más tarde, bajo aquel techo de farolillos, Nate arrastró hacia su lado de la mesa la carpeta de cuero que contenía la cuenta.

—Yo me encargo.

Inmediatamente Roxy alcanzó la carpeta y la arrastró hacia su lado.

—Pagamos a medias —dijo, y se metió un mechón de pelo detrás de la oreja mientras estudiaba la cuenta.

—Nunca dejo que pague una mujer.

Volvió a quitarle la cuenta, y ella le dirigió una mirada seca que solo sirvió para que sus ojos verdes brillaran más aún.

—Nate, no discutas.

—A mí no me educaron para pagar a medias.

—Por muy anticuado que suene, si me hubieras invitado a cenar por otras razones, te dejaría pagar. Pero esto no es una cita.

Con su tono parecía decir: «Mientras viva no tendré una cita contigo».

Volvió a alcanzar la cuenta, pero él le agarró la mano. El contacto de su piel con la suya le produjo un escalofrío. Sintió que su entrepierna cobraba vida. El torrente de testosterona era algo natural, sencillo. Pero el propósito por el que sucedía no era una opción.

A lo largo de la velada, habían hablado del interior de Australia y de los viajes al extranjero, y habían acabado hablando de política federal, un tema que normalmente él evitaba. La gente tenía sus propias opiniones y a veces un comentario podía dar pie a una discusión acalorada y desagradable. Pero Roxy y él compartían opiniones similares. En un momento dado él estaba tan metido en la conversación referente a los impuestos para los negocios nuevos que se olvidó de la razón por la que habían quedado esa noche; arreglar la situación de sus amigos. Estaba seguro de que Roxy se había olvidado de que debía mostrarse obstinada, y eso era bueno para convencerla.

Pero no debería haberla tocado. El roce de su mano solo hizo que deseara tocarla más. A juzgar por la alarma que veía en sus ojos verdes, ella sentía lo mismo. Entonces hizo algo que él no podía hacer. Estiró los hombros, tomó aliento y apartó la mano.

–Creo que nos hemos ido del tema –murmuró.

Por mucho que lo intentara, Nate no podía apartar la mirada de sus labios.

–Creo que sí.

–El tema es que, si accediera a tu plan, Marla podría quererme siempre y no volver a hablarme en la vida. Dado que no puedo estar segura de las intenciones de Greg aquella noche, no puedo correr el riesgo.

Aunque Nate aceptó pagar a medias, no estaba dispuesto a aceptar su decisión de salirse del plan. Pensaba convencerla, y pensaba hacerlo esa misma noche. Simplemente necesitaba un poco más de tiempo.

Pocos minutos más tarde, mientras caminaban por China Town en mitad del gentío del viernes noche,

Nate iba concentrándose en su siguiente movimiento cuando ella se detuvo en la acera y levantó un brazo para parar un taxi. Él se dispuso a bajarle la mano, pero recordó el cosquilleo anterior y decidió no hacerlo.

—Te dejaré en casa —dijo en su lugar.

El taxi pasó de largo, pero ella llamó a otro.

—Puedo irme sola.

—Insisto.

—Yo también.

—He cedido a lo de la cuenta —señaló él–. Ahora es tu turno.

—No es mi turno para nada.

Cuando un segundo taxi ignoró su llamada y ella intentó encontrar otro, él contempló la multitud de la ciudad y después miró el reloj.

—¿Te das cuenta de que podríamos estar aquí toda la noche?

Roxy abrió la boca para llevarle la contraria, pero entonces debió de entrar en razón, porque el fuego de sus ojos se apagó y finalmente esbozó una sonrisa.

—La noche del viernes no es el mejor momento para tomar un taxi.

—No, no lo es.

—Supongo que no aceptarás cinco pavos por la gasolina.

Estaba bromeando. Nate debía reírse. Y en realidad su necesidad de ser autosuficiente le parecía extremadamente atractiva. Pero el pasado formaba a las personas, y se preguntó si tal vez la razón de la independencia de Roxy no sería el hecho de no haber podido confiar en la persona que debería haberla apoyado cuando era joven. Su padre el libertino.

—No aceptaré tu dinero —le dijo—, pero puedes hacer algo a cambio.

Ella frunció el ceño.

–¿Como irme de viaje?

–Yo iba a decir que me contases más sobre la vez que te invitaron a hacer paracaidismo en Suiza.

A pesar de que no le caía bien, o al menos fingía que era así, su expresión cambió y el brillo regresó a sus ojos.

–Fue esa pareja que quería pasar la luna de miel saltando de acantilados con amigos que pensaran igual –aclaró ella–. Sobra decir que me negué.

–¿El traje de murciélago no te quedaba bien?

–Me dan miedo las alturas.

Mientras le explicaba más cosas y caminaban hacia el aparcamiento, instintivamente Nate fue a ponerle la palma de la mano en la espalda para guiarla a través de la multitud. Pero en el último momento lo pensó mejor. Tal vez fuera lo más caballeroso, lo que le habían enseñado de niño, pero, como Roxy había dicho, había algunos riesgos que no merecía la pena correr.

Veinte minutos más tarde, Nate detuvo el coche frente a la casa de Roxy. Todo seguía igual que seis meses atrás. Incluyendo la electricidad entre ellos.

En los últimos minutos habían dejado de bromear. No sabía bien lo que Roxy estaba pensando o sintiendo. Pero lo único que él hacía era recordar cómo se había sentido la última vez que la había llevado a casa. Nervioso. Tenso por la expectación. Aquella noche había sabido que iba a besarla. Simplemente no había anticipado lo agradable que sería.

Pero ya había decidido que Roxy y él no volverían a besarse. No estaba dispuesto a correr el riesgo de convertirse en un hombre casado de la noche a la mañana como los demás hombres de su familia. Aunque...

Si Roxy se oponía tanto como él a la idea de sentar la cabeza, ¿no cambiaba eso las cosas? Incluso aunque el mundo se volviese loco y él le pidiera la mano en cuestión de semanas, dado lo que ella le había dicho antes, solo sería por el concurso. El matrimonio podría disolverse con facilidad. Roxy no buscaba atarse. Era una persona que priorizaba el trabajo, como él.

En cualquier caso, cuando Roxy agarró la manilla de la puerta del coche, en vez de acompañarla hasta su casa como habría hecho normalmente, Nate se quedó pegado a su asiento. El protocolo era una cosa, la supervivencia otra muy distinta.

—Gracias por traerme —dijo ella.

—Estaremos en contacto —respondió él agarrando el volante con fuerza.

—Nate, lo siento, pero...

Nate se anticipó a sus palabras.

—Por favor. Piensa en mi plan durante la noche. Si sigues sin estar convencida, no volveré a molestarte.

¿Acaso Roxy no sabía que estaba estirando la verdad? El plan no solo era bueno, sino que era el único que tenía. Con insistencia y persuasión, entraría en razón.

En la penumbra del coche, la expresión de Roxy se suavizó y sus miradas se sostuvieron durante un momento. Nate agarró el volante con más fuerza, clavó los dedos de los pies a las suelas de los zapatos, pero aquella sensación de ardor en la entrepierna no desapareció. Si se acercaba un poco más, la lucha terminaría. Tendría que besarla; al menos una vez más. Si no abandonaba el coche cuanto antes, tal vez besarla podría ayudar a su causa.

Pero entonces la puerta del coche se abrió y se cerró, y en cuestión de segundos ella se marchó y recorrió el camino hacia su puerta mientras a Nate le palpitaba la sangre en las arterias.

Aun así, se aclaró la garganta y sonrió. Le gustaba su manera de caminar, sobre todo con aquellos pantalones negros. La blusa de seda también era sexy. Y las botas... siempre había sido un admirador. ¿Qué tipo de lencería ocultaría bajo ese atuendo? Apostaría a que era encaje francés. Encaje francés blanco y sexy.

Una risa escandalosa llegó hasta sus oídos a través del cristal de la ventanilla. Al otro lado de la calle, dos jóvenes se tambaleaban por la acera con los vaqueros caídos y fumando un cigarrillo. Nate sintió un escalofrío y volvió a mirar a Roxy. De pie frente a su puerta de entrada, estaba rebuscando en su bolso. Y esos jóvenes se habían parado para mirar su coche. ¿O estarían mirando a la mujer que estaba de pie entre las sombras?

El corazón se le aceleró, apretó el volante y esperó mientras Roxy buscaba la llave. Cuando los jóvenes susurraron algo, volvieron a reírse y se tambalearon hacia el lado de la calle donde estaba Roxy, Nate tomó una decisión rápida. No le importaba si aquellos tipos eran ciudadanos modelo dando un paseo inofensivo, cosa que dudaba. No se marcharía hasta que Roxy estuviera a salvo dentro de casa.

Nate abrió la puerta.

El ruido llamó la atención de los chicos. De pie en mitad de la noche, Nate los desafió con la mirada. Tras varios segundos uno de ellos tiró la colilla a la alcantarilla y después ambos siguieron su camino calle abajo.

Cuando estaban ya a una manzana, Nate volvió a mirar a Roxy. ¿Había perdido las llaves en alguna parte?

¿Tenía otras de reserva para la casa? No podía marcharse hasta que estuviese dentro, lo que a ese paso podría tardar toda la noche.

Mientras Nate se acercaba a la casa, Roxy sacó la nariz de dentro del bolso y pareció sorprenderse.

–¿Qué... qué estás haciendo? –preguntó.

–Ayudarte a encontrar las llaves.

–Se habían ido al fondo, pero ya las tengo –sacó el juego del bolso y las agitó.

–Claro, bien –Nate miró por encima del hombro para asegurarse de que los indeseables se hubieran marchado de verdad–. Deberías entrar. Es tarde.

–Llevo mucho tiempo viviendo sola.

–Da igual –le quitó la llave que había elegido entre media docena y abrió la puerta–. Recuerda cerrar cuando entres.

Los ojos de Roxy brillaban con asombro, como si no estuviese irritada por el edicto, sino más bien conmovida.

Aquella risa amenazadora volvió a oírse, lejana, pero no lo suficiente. Con el vello de punta, Nate volvió a caminar hacia la acera para dejarse ver de nuevo. Los Sparks eran una familia que prestaba atención a los presentimientos, sensaciones a veces buenas y a veces malas que no se limitaban a elegir esposa. Confiaba en su instinto.

–Nate.

Centró su atención en Roxy.

–Aún es pronto –dijo ella–. ¿Te apetece entrar a tomar algo?

Al oír sus palabras, aquel calor inicial le llenó el pecho y, durante unos segundos, no se le ocurrió ninguna razón para no hacerlo. Nunca había conocido a una mujer con la que pudiera hablar tan fácilmente.

Le gustaba su ingenio, su inteligencia y aquel pequeño hoyuelo que se formaba en su mejilla izquierda cuando sonreía. Pero, si aceptaba la oferta, la noche empezaría con una copa y sin duda no acabaría en una. Aun así, Roxy sabía lo que él pensaba. Y él sabía lo que pensaba ella. Ninguno de los dos quería nada serio.

No tenía por qué llegar hasta el final y acostarse con ella... aunque un poco de conversación de almohada en referencia a su plan no podía hacerle mal. Pero la verdad era que deseaba esa copa. Deseaba ese beso.

—¿Te apetece un café? —preguntó ella.

—¿Solo café?

—Tengo chocolate caliente. También té.

—¿Eso es todo?

—¿Qué te apetece?

Nate dio dos pasos hacia ella.

—Eso depende de ti.

Roxy parpadeó dos veces con rapidez, porque no había nada ambivalente en su tono ni en su intención.

—Vaya, qué giro tan radical —dijo ella con una sonrisa.

—No ha cambiado nada. Yo quería entrar aquella noche hace seis meses.

—Salvo que estabas seguro de que te ataría una cuerda a los tobillos y te arrastraría hasta el altar.

—Ahora sé que no.

Mientras ella lo miraba a los ojos, Nate recorrió la distancia que los separaba y aceptó aquello que no podía seguir negando un momento más.

Capítulo 3

A ROXY le daba vueltas la cabeza. En cuestión de segundos, una situación que tenía bajo control había dado un cambio de ciento ochenta grados y ahora Nate iba a besarla.

Por supuesto, ella había notado la atracción entre ellos a lo largo de la noche. Tal vez le había pedido que entrara porque, en el fondo, deseaba enfrentarse a aquella fuerza y acabar con ello. ¿Pero estaba dispuesta a comprobar hasta dónde podía llegar sin perder el control?

Seguía enfadada con él por haberla dejado plantada en ese mismo sitio seis meses atrás. Molesta por aquella foto suya con otra mujer una semana más tarde. Por otra parte, no podía negar que jamás se había sentido así por alguien. Nunca había creído que existiese tanta intensidad. Tal vez ese tipo de sentimientos desbocados eran la razón por la que su madre había permitido que su padre volviese una y otra vez. Roxy se había sentido furiosa por la ceguera de su madre... por su debilidad incurable.

La boca de Nate estaba a pocos centímetros de la suya cuando Roxy recuperó la fuerza en las piernas, se dio la vuelta y logró cruzar el umbral. Mientras intentaba recuperar el aliento, consiguió decir algo que sonara casi despreocupado.

–Creo que tengo algo de chocolate para el café.

–Algo dulce me parece bien.

Su tono de voz profundo hizo que se le acelerase el pulso. Pero no quería que Nate supiera lo que estaba sintiendo, aunque a juzgar por la sonrisa que vio en sus ojos al encender la luz, era probable que ya lo supiera.

Cerró la puerta y se dirigió hacia la cocina, que formaba parte del salón.

–Supongo que te traes trabajo a casa –dijo él al entrar en el salón y ver las telas y los utensilios de costura.

–Puede que algunos lo llamen desorden –le dijo ella mientras sacaba el café–. Yo prefiero el término «inspiración». Tengo una sala de costura aquí, así como otra en la tienda. Telas, patrones, encaje y botones... Todo parece esparcirse.

Nate pasó junto a dos maniquís parcialmente vestidos y fingió que se estremecía.

–Siento como si me estuvieran observando.

–Espera a que empiecen a hablarte.

–Solo dime que tú no respondes.

Roxy no admitió que, en mitad de la noche en las fechas límite, a veces creía que hablaban.

Mientras preparaba el café e intentaba racionalizar sus sentimientos, Nate deambulaba por la casa.

–¿De dónde sacas las ideas?

–Me mantengo al día de la moda presente y pasada. Cuando me encargan diseñar un vestido, intento meterme en la piel de la novia, por así decirlo. Comprendo el tono que quiere transmitir y lo capturo en la medida de lo posible.

–¿Alguna vez te equivocas? –preguntó él mientras se dirigía hacia la cocina.

–Una vez tuve una clienta que quería parecer una conejita.

–¿Como las de Playboy o como Bugs Bunny?

–Dientes grandes, amante de las zanahorias, cola redonda y suave. Hablamos mucho, yo hice unos dibujos y al final creé un vestido que creía que capturaba la esencia de lo que ella deseaba para caminar, o más bien brincar, hacia el altar.

–Entonces decidió ir de Bambi, ¿verdad?

–Oh, no. La mujer lo tenía claro. Imagínatelo. Tema invernal. Una chaquetilla cosida con imitación de piel. Un velo que, en la medida de lo posible, se parecía a las orejas del conejo. Y una bola esponjosa que sujetaba la cola del vestido.

–Y no le gustó.

–¡Le encantó! –Roxy colocó sobre una bandeja las tazas, el azúcar y la leche–. De hecho, no fue suficiente. Quería que le pegara bigotes al velo. Ya sabes, la parte que cubre el rostro de la novia antes de que el novio la bese.

–Perdona que te lo diga, pero qué pirada.

–Le dije que podía hacerle los bigotes, de alguna forma. Pero entonces tuvo otra idea brillante. Un ramo de zanahorias frescas, y quería que todos los invitados llevaran ojales y ramilletes de zanahoria.

–Como ya te he dicho... –se llevó un dedo a la sien antes de moverse para ayudarla con la bandeja.

–El novio ya había tenido suficiente –admitió ella tras indicarle que colocara la bandeja sobre la mesa del café.

Roxy se sentó en un extremo del sofá tres plazas y él ocupó el extremo contrario.

–El tipo dijo que le encantaba la tarta de zanahoria y los zapatos de pies de conejo, pero de ninguna manera él iba a llevar zanahorias. Las desavenencias aumentaron. La boda se canceló. La novia no podía culpar a su prometido ni a sí misma, así que me culpó a mí por no hacer la entrega.

Nate frunció el ceño y la miró con incredulidad, después con compasión.

—Hablas en serio.

—No es cosa mía decirle a una novia cuáles deberían ser sus expectativas con respecto a su gran día, pero he aprendido que a veces es mejor seguir tu propio instinto y sugerirle quizás otra diseñadora.

Concentrada en llenar su taza y controlar sus emociones, Roxy miró a su alrededor y frunció el ceño. Efectivamente los materiales de costura estaban por todas partes.

—Esto debe de parecer totalmente innecesario para alguien que no sabe cómo enhebrar una aguja.

—Eso lo das por hecho.

—No me digas que sabes coser —dijo ella antes de dar un trago al café.

—Mi madre intentó enseñarme a hacer dobladillos una vez. Decía que las tareas domésticas no eran solo cosa de mujeres.

—¿Y qué decía tu padre?

—Creo que estaba ocupado planchando todo el tiempo.

Roxy se carcajeó.

—¿Aprendiste a hacer dobladillos?

—Es un alivio decir que mi madre se rindió. Enhebrar la maldita aguja estuvo a punto de volverme loco.

—Deja que te enseñe un truco —dijo ella.

Sacó una aguja de la caja, así como un poco de hilo y su enhebradora. Se dispuso a sentarse en el brazo del sofá más cercano a Nate, pero entonces se detuvo. ¿No estaría buscando problemas?

Por otra parte, ¿no eran problemas lo que quería?

Con los utensilios en la mano, se sentó en el brazo del sofá y se inclinó ligeramente para que su alumno pudiera seguir cada paso.

–Metes este alambre curvado por el ojo de la aguja, así.

–Entendido –dijo Nate entrecerrando los ojos–. Ya necesito una lupa.

–Después de esto no volverás a enhebrar una aguja de otra forma.

–No volveré a enhebrar una aguja, punto –le dedicó una sonrisa deslumbrante que le produjo un escalofrío, después agarró la aguja y la enhebradora. Cerró un ojo, apretó los labios y metió el alambre. Satisfecho, se recostó en el sofá–. ¿Ahora qué?

–Mete el hilo por la parte curvada del alambre.

Nate cerró un ojo de nuevo, pasó el hilo y suspiró con satisfacción.

–¿Y después?

–Vuelves a sacar la enhebradora por el ojo de la aguja y ya está.

–No puede ser tan simple.

Antes había estado concentrada en el proceso de enhebrar la aguja. Pero ahora sentía su mano rozando ligeramente la de él. ¿Nate se habría dado cuenta de que se le había acelerado la respiración, de que se había acercado un poco más?

Con el pulso palpitándole en los oídos, levantó la vista.

Nate no estaba mirando la aguja, sino a ella. A juzgar por el brillo en su mirada, había adivinado sus sentimientos. Cuando se acercó más a ella y se quedó mirando sus labios, el calor que Roxy sentía en la sangre amenazó con convertirse en un infierno. Nate le dedicó una sonrisa torcida mientras la acariciaba con la mirada.

–No. Me parece que aún no lo entiendo...

Sin apenas aire, Roxy consiguió tragar saliva. A ella le pasaba lo mismo. ¿Nate quería besarla o no?

Debió de leerle el pensamiento. Dejó la aguja y el hilo sobre la mesa, le puso una mano en la nuca y la otra en el hombro. Inclinó la cabeza y su mirada se intensificó como si estuviera dándole tiempo para asimilar lo que estaba a punto de suceder. Después su esencia pareció colarse en su cuerpo, Roxy cerró los ojos y sus labios por fin se encontraron.

Aquel calor tan familiar recorrió su cuerpo mientras Roxy entraba en un estado de alivio mezclado con pasión y sentía cómo él deslizaba la punta de la lengua por su labio inferior. Le rodeó el cuello con los brazos y se rindió sin reservas. Por mucho que quisiera negarlo, aquel era el momento que había estado esperando.

Mientras Roxy disfrutaba del roce de su barbilla en la mejilla, él la giró hasta tenerla tumbada casi horizontalmente sobre su regazo. Con una mano detrás de su cabeza, procedió a besarla con una intensidad que ella no había experimentado en su vida. Aun así necesitaba más.

Ahogada por las sensaciones, agarró la mano que Nate tenía sobre su hombro y fue deslizándola hasta su pecho. Cuando le rozó el pezón por encima de la blusa, su vientre se tensó y sintió un intenso calor entre los muslos. Nate siguió estimulándole el pezón hasta que la tensión de su vientre llegó a un punto en el que solo quería arrancarse la ropa y dejar que terminara con aquel deseo cegador. Era oficial. Había perdido la cabeza.

Pero entonces Nate apartó los labios lo suficiente para murmurar algo contra su boca.

–Mmm... esto sí que es dulce. Muy dulce.

Volvió a besarla mientras deslizaba la mano por su costado, hasta llegar a la cadera y dirigirse hacia la parte que más atención demandaba. Por encima de la tela del pantalón, curvó los dedos y presionó entre sus piernas. Después subió la mano ligeramente y rodeó un punto que amenazaba con explotar. Y entonces todo se redujo a aquel momento. Todo se redujo a él.

Cuando la presión de sus labios volvió a relajarse, Roxy gimió. Le habría dado igual si en ese momento una celebridad de Hollywood hubiera llamado a su puerta desesperada por comprar un vestido de un millón de dólares. Lo único que ella deseaba era sentirlo de nuevo, sentir sus besos una y otra vez.

Nate acarició su mejilla con la suya mientras le susurraba al oído.

–Me alegra que hayamos solucionado nuestras diferencias.

–Yo también –respondió ella.

–Voto por que pasemos a tu dormitorio –dijo él antes de deslizar la lengua hasta la base de su cuello–. Llámame precavido, pero no me gustan las agujas sueltas.

Roxy extendió los dedos sobre su hombro, se arqueó hacia él y, como si el mundo estuviera a punto de acabarse, Nate la levantó en brazos y volvió a besarla.

–¿Por dónde? –preguntó él sin apenas apartar los labios de su boca.

–¿Por dónde qué? –preguntó ella mientras le sacaba la camisa de debajo del pantalón.

–El dormitorio.

Oh, sí... Roxy sonrió. Deseaba tumbarse sobre las sábanas frías mientras él le desabrochaba la blusa y le quitaba el sujetador.

De pronto un pánico repentino se apoderó de ella. Se había olvidado por completo que bajo la blusa llevaba una ropa interior de la que una tía abuela mojigata se avergonzaría. No podía permitir que la viera con bragas de abuela. Pero, habiendo llegado tan lejos, ¿qué podía hacer o decir? Tal vez si iban al dormitorio y mantenían las luces apagadas...

Parpadeó y regresó al presente. Nate estaba mirándola con curiosidad. Roxy empezó a sonrojarse, se incorporó y se sentó a su lado mientras él la miraba.

–Te has puesto rígida –dijo Nate acariciándole la mejilla–. ¿He hecho algo mal?

–No. Es que estaba pensando que... que debería... –buscó una respuesta en su cerebro asustado, sonrió y se encogió de hombros–. Que debería ir a refrescarme.

–Sí, claro –Nate se aclaró la garganta, respiró profundamente y la miró fijamente–. ¿Roxy, estás segura de que todo va bien? Porque, si te incomoda que hagamos esto así, sin ataduras, quiero decir... entonces dímelo. Prefiero saberlo.

–Nate, no necesito que me digas que esto no es más que sexo sin compromiso –respondió ella apartando la mirada.

–Ya sabes que no es así como lo veo.

Con un movimiento fluido, se giró para pegarla a su cuerpo de nuevo. Pero una mano abierta sobre su torso le detuvo. Roxy necesitaba saberlo.

–¿Y cómo lo ves?

–Como dos personas que piensan igual y dan el siguiente paso juntas –respondió él antes de acariciarle la oreja con la boca.

Qué mono. Pero no era la respuesta que estaba buscando.

Al sentir que Nate deslizaba un dedo por su cuello

hasta llegar a la barbilla para levantarle la cabeza, al sentir su boca a pocos centímetros, se incomodó y decidió ponerse en pie. Intentó ordenar sus pensamientos mientras se recolocaba la blusa. Un día huía de ella y al siguiente quería lanzarse encima, pero asegurándose de que supiera que aquello no significaba nada más. Un revolcón rápido. Sin duda el mismo tipo de revolcón que había tenido con la morena de la foto, y con muchas otras desde entonces.

–¿Es así como tratas a las mujeres que te atraen?

–Claro que no –parecía insultado.

–¿Entonces por qué a mí sí?

–Porque, por si no lo has notado, no solo me siento atraído por ti –frunció el ceño y se frotó los muslos con las manos–. Es complicado.

–No como un polvo rápido en mi cama esta noche.

–No, de hecho eso es lo complicado. Más complicado de lo que imaginas.

–Necesito algunas respuestas, Nate, y las necesito ya.

–No te lo creerías.

Roxy entornó los ojos.

–Inténtalo.

Nate estiró lo hombros y volvió a frotarse los muslos.

–Si realmente deseas saberlo –dijo–, mi familia está maldita, aunque «maldita» es un término intercambiable. Mis padres y mis abuelos dirían que es una bendición.

Roxy se apartó.

–De acuerdo. Ahora me estás asustando. ¿Acaso os convertís en lobos con la luna llena?

–Solo mi tío abuelo Stuart, por la familia de mi madre –Roxy se quedó con la boca abierta y él sonrió–. Puedes reírte.

Roxy se abstuvo de decirle que se olvidara de que lo había preguntado. Una maldición. Bueno, al menos tenía imaginación.

–Continúa –le dijo–. Te escucho. Aunque no sé por qué.

–Desde tiempos inmemoriales –explicó Nate poniéndose en pie–. Cupido ha golpeado con fuerza a los hombres Sparks.

–A mí eso no me parece tan trágico. De hecho, suena bastante romántico.

–Romántico, afortunado, decisivo. Todas esas cosas, y al parecer todas buenas para aquellos que lo han vivido antes. Mi padre, mi abuelo, mi bisabuelo... todos se han enamorado de la mujer adecuada, o eso parece. Y todas las parejas se comprometieron a las pocas semanas de empezar a salir. Nueve meses después llega el primer bebé, y entonces los planes de una carrera sólida se van al traste. Mi padre podría haber sido cirujano. Sin embargo, durante años limpió cuñas.

–¿Y eso es culpa de la maldición?

–Mis predecesores lo han dejado todo por amor. La carrera. La salud. En algunos casos hasta la cordura. Llámame egoísta, pero yo no quiero ser celador ni el tipo de las carreteras que sujeta carteles para bajar la velocidad cuando puedo trabajar en un campo profesional que se me da bien.

Roxy lo miró de arriba abajo. Aquello era una tontería. Las maldiciones no eran reales. Los hombres inteligentes no se dejaban embrujar por mujeres que les robaban el alma. Debía de tratarse de otra estratagema, como cuando antes había manipulado a Ava Morris para creer que era un tipo auténtico con una prometida a la que adoraba.

Aun así, mientras lo miraba, no podía evitar estar medio convencida por la resignación que veía en sus ojos. ¿Podrían haberle lavado el cerebro desde pequeño para aceptar aquella tontería de la maldición familiar? El sentido común no era un factor cuando desde pequeño te decían qué creer. Qué era verdad. Como por ejemplo: «Tu padre nos quiere. Si no nos quisiera, no regresaría».

–Estás convencido de ello, ¿verdad?

–Crecí siendo pobre –respondió él–, cosa que puedo manejar. Lo difícil fue tener un padre que no podía hacer nada sin su otra mujer. Estoy diciendo que, si mi madre hubiera muerto, él habría muerto también. Cuando tienes cinco hijos en los que pensar, no me importa cuántas historias de amor has visto, eso no es romántico. Es...

–Tú eres el único hijo varón –dijo ella–. ¿Qué dicen tus hermanas?

–Ellas nunca han tenido carrera. Y, antes de que te me eches encima, mi respeto hacia una mujer no depende de si tiene o no una carrera. Solo lo digo.

Siendo el único hombre en la familia, además de su padre, tal vez Nate sintiera la responsabilidad, el vínculo hacia sus padres, más profundamente que sus hermanas. Tenía que preguntárselo.

–¿Estás seguro de que no hay nada de síndrome de Edipo por aquí?

–Aunque lo hubiera, el hecho sigue siendo el mismo. No estoy preparado para sentar la cabeza. Para enamorarme y tirar por la borda mi futuro.

–Compadezco a la pobre chica a la que acabes pidiéndole matrimonio; de manera adecuada, quiero decir.

–Para eso queda mucho.

Se quedó mirándolo y, por un segundo, quiso consolarlo. Parecía que su niñez no había sido tan maravillosa como pensaba. Había crecido sintiéndose relegado a un segundo plano. Pero por mucho que compadeciera al Nate niño, no podía estar de acuerdo con la fobia al compromiso del Nate adulto.

–Ha sido una velada interesante –dijo.

Nate pareció relajarse. Sonrió y al mismo tiempo le acarició la mano y le provocó un escalofrío.

–Así que lo comprendes –dijo.

–Francamente, no sé si lo comprendo o no. Solo sé que ya no estoy tan convencida como hace cinco minutos de dejar que te quedes.

En el sentido lógico, sabía que en aquel momento de sus vidas ninguno de los dos quería casarse. Pero no podía acostarse con alguien que dejaba claro que aquello no era más que una liberación sexual. Sí, había estado tan excitada como él, pero ahora que había tenido tiempo de pensar sabía que aquello estaba mal. No esperaba llamadas de teléfono todas las noches, pero tampoco podía aceptar un «gracias por el revolcón. Ya te llamaré algún día». Eso se parecía demasiado al tratamiento que su madre había aceptado. Roxy se respetaba más a sí misma.

–Podría decirte que la maldición me convierte en lobo, si eso ayuda –bromeó él.

Pero Roxy no creía que nada pudiera ayudar a la situación.

Triste, aunque resignada, apartó la mano de la suya.

–Necesito que te vayas.

Capítulo 4

SENTADA en la terraza de Marla al día siguiente, Roxy colocó otra ficha de Scrabble sobre el tablero y le hizo a su amiga la pregunta que llevaba pensando desde que había llegado.

–¿Cómo lo llevas?

–Teniendo en cuenta todo lo que ha pasado... –contemplando el tablero, que había pasado de mano en mano por su familia desde los años cincuenta, Marla se encogió de hombros– me llevará algún tiempo.

–¿Has sabido algo de Greg?

–No desde aquel pase de diapositivas.

Pasar diapositivas de sus momentos más románticos con un proyector sobre una pantalla colocada en la pared de su edificio había sido una manera alternativa de ponerse en contacto cuando Marla no respondía a sus llamadas. Sin embargo, el resultado fue que las fotos le recordaron a Marla a esas otras fotos que había visto en Internet.

–Greg me ha roto el corazón –continuó su amiga–. No sé si alguna vez volveré a confiar en un hombre. Quería pasar el resto de mi vida con él, tener hijos. No puedo creer que estuviera metiéndole mano a una mujer medio desnuda a mis espaldas. Y quién sabe qué más. En esas fiestas locas pueden ocurrir muchas cosas. Muchas.

Rodeadas por el dulce aroma del jacarandá, Roxy meditó sobre la devastadora situación de Marla y sobre la sugerencia de Nate de juntar a la pareja y darles tiempo para solucionarlo. Al pedirle a Nate que se marchara la noche anterior, había estado convencida de que esa era la última vez que sabría algo de él y del plan, y la respuesta de Marla no hacía sino validar esa decisión. Su amiga necesitaba tiempo para curarse, no una red de mentiras que la llevaran a estar cara a cara con la persona que le había roto el corazón.

Para bien o para mal, las imágenes valían más que mil palabras. A Marla nunca la habían pillado manoseando las partes íntimas de otra persona.

Aunque...

Roxy recordó la despedida de soltera de su amiga, cuando, como parte del espectáculo, un camarero sin camisa había flirteado con la futura novia y Roxy se había reído y aplaudido igual que el resto. ¿Qué diría Greg si viera una cinta con eso grabado? ¿Era una cosa única en la vida, un poco de diversión, o algo que era mejor mantener en secreto? Algún día, cuando apareciese el hombre adecuado, ella también querría una despedida de soltera.

Pero, si lo que Nate decía era cierto, un hombre Sparks no tendría tanto interés en una despedida de soltero como lo tendría en comprometerse con la mujer a la que adoraba. Por muy frustrada que se sintiera, no pudo evitar preguntarse si, cuando Nate se permitiera enamorarse, sería un marido devoto.

Cada una absorta en sus propios pensamientos, siguieron jugando varias rondas más hasta que Marla habló de nuevo.

–No pensaba contártelo hasta que los planes fueran seguros, pero ahora solo queda una semana o así.

–¿Qué planes? –preguntó Roxy.

–Me marcho del país. Ya te he hablado de mi hermano y su empresa de informática en California. Me sugirió que fuese a verle una temporada. Aprender algo diferente. Hacer nuevos amigos –Marla estiró la mano y agarró a Roxy del brazo–. No es que no valore los que tengo aquí –intentó sonreír–. Lo comprendes, ¿verdad, Rox?

–¿Cuánto tiempo estarás fuera?

–Un año. Dos –su amiga se encogió de hombros–. No estoy segura.

Por un lado Roxy se alegraba de que Marla hubiera tomado las riendas de su vida. A ninguna de las dos les gustaba autocompadecerse y, dado que Marla se ganaba la vida como asesora financiera independiente, no tenía vínculos laborales. Por otro lado, Roxy la echaría de menos. Habían compartido muchas cosas.

Y además estaba Greg, un hombre que defendía su inocencia... igual que había hecho siempre el padre de Roxy.

¿Pero era posible que Nate tuviera razón? ¿Y si Greg había sido víctima de las circunstancias y Marla y él podían superar el bache? Eso nunca ocurriría con quince mil kilómetros y dos años de separación.

Hasta hacía unos minutos había tenido claro que lo mejor era dejar que las cosas siguieran su curso. Pero ahora ya no lo tenía tan claro.

–¿Y si te despertaras mañana por la mañana y descubrieras que todo ha sido un terrible error? Que Greg no había hecho nada malo y que puedes seguir adelante con la boda.

–Si eso ocurriera –dijo Marla–, si lograra encontrar la esperanza de nuevo y sacarme esas fotos de la cabeza, sería la mujer más feliz y aliviada del mundo.

–Tienes que venir a la fiesta del aniversario. Mamá y papá se enfadarán si no vas.

Nate se apartó de su hermana y retomó su asiento frente a la mesa del comedor de su apartamento; había estado repasando informes antes de la inesperada visita de Ivy. No le importaba que le interrumpiesen, pero le molestaba la razón.

—Yo no he dicho que no fuese a ir —dijo—. Pero probablemente no me quede mucho.

—Si tienes una cita, puedes traer a la chica.

—No tengo ninguna cita.

—Pues tal vez deberías encontrar una.

—No empieces con lo de encontrar a una buena chica y sentar la cabeza. Ya he tenido bastante con nuestro padre.

—No estoy hablando de «hasta que la muerte nos separe» —dijo Ivy—. Simplemente me gustaría que te soltaras un poco la melena. A todos nos gustaría. Has estado tan obsesionado con el negocio que apenas te tomas tiempo para comer.

—Sí que como. Y tengo vida privada.

Su hermana arqueó una ceja y miró los papeles.

—¿Qué es eso que estás haciendo?

—Estoy sacando tablas representativas sobre patrones de compra y presupuestos bianuales.

—La manera perfecta de pasar un domingo. ¿Cuándo fue la última vez que saliste a cenar? Y me refiero con una chica atractiva, no con un hombre de negocios aburrido.

—Los hombres de negocios no son aburridos —argumentó él—, necesariamente.

—¿Entonces cuándo?

—De hecho llevé a una dama a cenar anteanoche.

—¿La habías visto antes?

—Afirmativo.

—¿Piensas volver a verla?

Nate lo pensó durante unos segundos.

–Me gustaría –admitió. Sin tener en cuenta la forma decepcionante en que había acabado la velada y el hecho de que Roxy seguía sin confiar en él, la verdad era que le gustaría.

–Oh, Dios mío –Ivy se sentó en la silla junto a él–. Es serio.

–No vayas a comprar los zapatos de dama de honor todavía. Nunca dejaría que fuera tan lejos –y Roxy tampoco.

Antes de echarlo, había dejado las cosas claras. Se sentía atraída por él físicamente, intelectualmente, pero no quería hacerse cargo de sus demonios. Tal vez pensara que usaba la historia de su familia como excusa, un truco para que no esperase una llamada.

No había dejado de pensar en ella desde entonces y, por primera vez en años, empezaba a cuestionar sus creencias. Aun así, con maldición o sin ella, no quería casarse. Pero sí quería pasar tiempo con la mujer a la que su mente respetaba y a la que su cuerpo deseaba; cada vez más.

–¿Entonces la familia conocerá a la chica misteriosa en el aniversario? –preguntó Ivy–. Quiero decir antes de que te la lleves a algún lugar tranquilo y romántico, lejos de tu horrible familia.

Nate dejó a un lado los informes y se acercó al ventanal para contemplar el puente y la ciudad de Sídney.

–No va a ir a esa fiesta.

Incluso aunque decidiera hacer frente a las interminables preguntas de los miembros de su familia y se lo pidiera, Roxy no aceptaría.

–Cualquiera pensaría que te avergüenzas de nosotros.

–Sabes que eso no es cierto. Será la misma gente de siempre reviviendo las mismas historias de siempre. La comida será más extravagante, los fuegos artificiales más brillantes, pero la pareja del momento seguirá intentando emparejarme con una mujer u otra. Me vuelven loco.

Habían crecido siendo pobres, pero cinco años atrás un pariente lejano le había dejado a su madre mucho dinero, así que las fiestas de aniversario eran iguales... pero a lo grande.

Ivy sonrió como cuando eran pequeños y le ganaba a las damas.

—No intentarán emparejarte si vas con alguien. Yo me muero por conocerla. ¿A qué se dedica? ¿Es rubia o morena? ¿Está locamente enamorada de ti ya o se hace la fría?

—Depende del día. ¿Ivy, qué sabes de la maldición de la familia Sparks?

—No lo llames así. Es una...

—Bendición. Sí. ¿Qué sabes de eso?

—Proviene del epitafio que el bisabuelo Sparks encontró en la lápida de un antepasado en Inglaterra. Decía algo así como: «Vivo solo por tu corazón y me marchito sin tu amor». La mujer fue enterrada un día, su marido un mes después. Nuestro bisabuelo siguió investigando y llegó a la conclusión de que nos enamoramos deprisa y permanecemos así. Me encanta contarles a los niños cómo la abuela y el abuelo se enamoraron a primera vista como los protagonistas de un cuento de hadas.

—Nuestros abuelos también —dijo él.

—¿No te derrites cada vez que los ves caminando de la mano? Espero que Cameron y yo sigamos abrazándonos cuando tengamos ochenta y cinco años.

A Nate no le cabía la menor duda. Se adoraban y

adoraban a sus dos hijos. Otra historia con éxito en la familia Sparks. Pero eso no era lo que él deseaba saber.

–¿Y qué hay de cierto? ¿La maldición es real o no?

–Vas en serio con esa chica, ¿verdad? Tienes miedo de pedirle la mano y de que se desate la maldición, y que todos los esfuerzos que has puesto en este negocio no sirvan de nada porque habrás encontrado algo que importa más que el dinero.

–¿Crees que hay algún tipo de vudú implicado, o es más bien una cuestión de... emociones?

–Quizá un poco de las dos cosas. Enamorarse es una experiencia maravillosa.

Nate volvió a sentarse a la mesa.

–No tiene nada de mágico llevar remiendos al colegio.

–Puede que tus pantalones estuvieran remendados de vez en cuando, pero era un buen colegio. Un colegio privado. Tuviste una gran educación, Nate. Todos la tuvimos.

–No habría sido todo tan difícil si papá hubiera terminado sus estudios.

–Supongo que los hijos de parejas divorciadas lo tienen más difícil que nosotros. No teníamos mucho dinero...

–No podíamos permitirnos tener teléfono. A veces ni siquiera electricidad.

–Lo cual da mayor testimonio de la dedicación de nuestros padres.

¿Y qué pasaba con la obsesión de su padre con su madre hasta el punto de que nada más importara? Los padres tenían que ser fuertes. ¿Por qué su padre no podía ser un hombre además de un esposo enamorado?

–Supongo que tú y yo vemos las cosas de manera distinta –dijo Ivy–. Tal vez porque yo estoy felizmente casada y...

–¿Y qué?

–Lo siento, Nate. No es algo que una persona pueda explicar.

Vio la sonrisa compasiva de su hermana y lanzó un gruñido. ¿Seguiría así a los cuarenta, a los cincuenta? Deseaba tener una familia algún día, pero no antes de haberse establecido. Antes de haber conseguido aquello para lo que tanto había trabajado.

Aunque no debía olvidar que Roxy sentía lo mismo. No buscaba un anillo de oro. Pero también sabía que, a pesar de su discurso de la otra noche, ella deseaba pasar tiempo con él tanto como él deseaba pasar tiempo con ella.

Diez minutos más tarde Ivy estaba despidiéndose y Nate seguía pensando en Roxy. Tal vez la llamaría. Podía fingir estar ocupado, fingir que podía olvidarse, pero la verdad era que necesitaba hablar con ella de nuevo. Hablar... y más.

No podía ignorar el hecho de que quería conocer a Roxy íntimamente. Deseaba hacerle el amor toda la noche. Incluso en aquel momento podía sentir el satén de su piel bajo los dedos mientras recorría su piel desnuda con las manos. Había pasado la noche en vela, mirando al techo e imaginándose cómo Roxy se arquearía y se aferraría con las piernas a sus muslos mientras él la penetraba.

Ivy tenía razón en una cosa. Necesitaba una cita.

Necesitaba a Roxy.

Estaba despidiéndose de su hermana en la puerta cuando le llegó un mensaje al móvil. Miró el número y estuvo a punto de caerse de espaldas.

Probablemente me arrepienta de esto, pero cuenta conmigo. Roxy T.

Capítulo 5

DOS DÍAS más tarde, Roxy y Marla llegaron a las áridas llanuras de Australia.

Desde Sídney habían volado a Brisbane para subirse a un avión más pequeño que las había llevado al centro de Queensland. Nate había organizado un vuelo privado más tarde para Greg y para él. Todo muy clandestino. Ella seguía dudando si debía o no haber accedido.

Tras la partida de Scrabble y la confesión de Marla de que deseaba que las fotos y sus dudas con respecto a Greg fuesen un error, Roxy había confirmado que participaría en el plan de Nate, pero no se sentía cómoda. Nate era un gran manipulador. Ella no tenía más que pensar en la relación de sus padres para saber que un hombre podía encender y apagar su encanto a su voluntad. Pero no estaba allí para pensar en eso.

Cuando el vehículo se detuvo frente a lo que sería su alojamiento los próximos días, Roxy deseó que la fe de Nate en su amigo fuese cierta, y que un final feliz justificase aquellos medios. No podía más que esperar que su amiga tomase la decisión adecuada. Y tal vez Marla dijese el «sí, quiero» y acabase llevando el vestido creado para la ocasión... el vestido que quizá lograse participar en el concurso después de todo.

Con el aire caliente y el sol abrasador golpeándole en la cara, Roxy bajó del vehículo y se quedó contemplando el paisaje desértico y la casa que en otra época habría sido grandiosa, pero que en la actualidad carecía por completo de glamour.

—Agradezco la sorpresa —dijo Marla—, pero cuando me pediste que retrasara mi viaje a california para hacer una escapada de chicas a un lugar secreto, me esperaba una isla tropical. Ya sabes, tumbarme en una playa paradisíaca y beberme un cóctel —espantó una mosca con la mano—. ¿Por qué este lugar?

Roxy se fijó en la pintura desconchada de la casa, después vio un lagarto caminando sobre unas flores muertas e intentó quitarle importancia. No era el Hilton, ¿pero acaso el encanto de aquella casa vieja no hacía que el viaje fuese más... interesante?

—¿Nunca has querido ver a los canguros en libertad? ¿La majestuosidad de las puestas de sol en el interior? —recitó un par de versos de un famoso poema sobre un país quemado por el sol y sobre grandes planicies—. ¿Quién sabe cuánto tiempo estarás en California? Puede que esta sea tu única oportunidad de experimentar el auténtico carácter nativo de tu país.

—No pienso irme para siempre —Marla se agachó para esquivar otra mosca—. Solo el tiempo justo para escapar. Para olvidar.

Cuando a Marla se le humedecieron los ojos y se puso las gafas de sol para ocultar las lágrimas, Roxy intentó tragarse el nudo que sentía en la garganta. Desde que se conocieron en la universidad, Marla y ella habían sido como hermanas; siendo la hija única de un hogar desestabilizado, eso era mucho. Demasiado para perderlo. Y aun así allí estaba, poniendo en peligro esa relación. Claro que también podía salir bien y reforzar su amistad.

Al mismo tiempo que el vehículo se alejaba, la puerta

de malla metálica de la casa se abrió y apareció una pareja de cincuenta y tantos años en el porche. El hombre llevaba vaqueros, una camisa de cuadros y sonreía. Con un vestido estampado, su esposa lo agarraba del brazo.

—Soy Celia Glenrowan —dijo la mujer, y Roxy le estrechó la mano después de Marla—. Bienvenidas a Glenrowan Station.

—Celia os mostrará vuestras habitaciones —dijo el señor Glenrowan antes de ponerse su sombrero—. Luego comeremos algo y podemos ir a montar un poco. ¿Sabéis montar?

—Yo sí —contestó Roxy—. Estoy segura de que a Marla le encantaría aprender.

—Tenemos un par de yeguas que os vendrán bien —dijo la señora Glenrowan mientras regresaba hacia la casa.

El señor Glenrowan se encargó del equipaje.

—Dejaremos los sementales para los otros invitados. Creo que el hombre dijo que les gustaba montar.

—¿Hay otros invitados? —preguntó Marla.

—Llegarán más tarde —respondió el señor Glenrowan mientras seguía a su esposa.

—Siempre y cuando no sean dos chicos malos al acecho —le murmuró Marla a Roxy—. Aunque esos siempre van a los lugares donde está la acción.

Mientras una confiada Marla seguía a los Glenrowan al interior de la casa, Roxy volvió a mirar a su alrededor, se remangó, dijo sus oraciones en silencio y la siguió.

Pero antes de entrar por la puerta oyó un sonido lejano. Se colocó la mano sobre los ojos para protegerse del sol y divisó a lo lejos un vehículo. No creía que Marla o ella se hubieran dejado algo en el coche. Además, el vehículo que se acercaba era rojo, mientras que el de ellas era blanco. ¿Lo cual significaba que había más huéspedes?

Se supone que solo iban a ser ellos cuatro, pero Nate y Greg no llegarían hasta dos horas más tarde. Aun así, a medida que el vehículo se acercaba, no pudo quitarse de encima la sensación de que uno de sus ocupantes era su cómplice. Empezó a sudarle la frente y los pensamientos se le aceleraron.

Nate y ella habían hablado por teléfono sobre los preparativos, incluyendo el hecho de que ella hubiese solicitado los servicios de una prima suya, que estaba sin trabajo y había agradecido la oportunidad de cuidar de la tienda y ganar algo de dinero. Pero no habían ideado un plan B por si acaso llegaban al mismo tiempo. Se suponía que Marla y ella debían estar dando un paseo por la propiedad cuando llegaran los chicos.

El vehículo se detuvo frente a la casa y el conductor dejó el motor en marcha mientras Greg salía del asiento trasero con su bolsa de viaje. Nate había salido por el otro lado. En un escenario tan árido, en aquellas circunstancias tan intensas, el hecho de verlo le aceleraba el corazón.

Nate se quedó mirando el paisaje, después le estrechó la mano al conductor para despedirse y el coche se alejó segundos más tarde. Roxy se quedó petrificada. ¿Debía quedarse allí quieta, esperando a que Marla saliese y explotase la bomba? Preferiría cavar un hoyo y desaparecer.

—¿No podrías haberme traído a un lugar más remoto? —le preguntó Greg y Nate.

—La idea era escaparse —Nate caminaba con el paso de un hombre que esperaba pisar una mina en cualquier momento. Debía de estar tan nervioso como ella.

–Mira, sé que estás preocupado por el negocio –dijo Greg, siguiéndolo–, pero no me necesitas para convertir esa empresa en un éxito.

–Esa es tu opinión –Nate sonrió y le dio una palmada a su amigo en la espalda–. Vamos a meter las bolsas y ver qué hay por aquí.

Roxy cerró los ojos y el estómago le dio un vuelco. Había llegado el momento. Antes que esperar a que la pillaran allí escondida, sería mejor salir y enfrentarse.

Al mismo tiempo que empujaba la malla metálica, Marla apareció detrás de ella y Roxy dio un respingo.

–Nuestras habitaciones son preciosas –dijo Marla–. Grandes y confortables. ¿Qué haces aquí? –debió de ver el miedo en la cara de su amiga–. ¿Roxy, qué pasa? Parece que te vas a desmayar.

Roxy agarró a su amiga por los hombros.

–Hay algo que debo contarte. Y, antes de hacerlo, quiero que sepas que no hay nada que no haría por ti. Lo sabes, ¿verdad?

En ese momento Marla debió de oír a los hombres hablando, reconoció las voces, frunció el ceño y se asomó por la puerta. Un segundo más tarde emitió un sonido como si le hubiesen dado una patada en el estómago y al mismo tiempo se le quebraron las rodillas. Roxy tuvo que agacharse para sujetar a su amiga antes de que esta cayera al suelo. Juntas contemplaron cómo los hombres se acercaban, charlando y riéndose, aunque cualquiera que estuviese al corriente habría visto que el lenguaje corporal de Nate era tenso.

Marla no consultó a su amiga y salió por la puerta. Era una persona sentimental, pero también podía ser dura si la situación lo requería. Era una de las razones por las que Roxy la respetaba tanto. Y por la que estaba tan preocupada.

Cuando Greg vio a Marla, su sonrisa se esfumó, se detuvo a mitad de camino y al mismo tiempo inclinó la cabeza hacia un lado, como si verla desde un ángulo diferente pudiera cambiar algo. Se quitó las gafas de sol lentamente.

–¿Qué diablos estás haciendo aquí, siguiéndonos a escondidas de esta forma? –preguntó Marla–. Seguro que te ha costado esfuerzo, Greg Martin, pero, si crees que esta es la manera de meterte de nuevo en mi vida, estás equivocado.

Asombrado, Greg negó con la cabeza.

–¿Marla? ¿Qué estás haciendo aquí? –miró a Roxy, que estaba detrás de su amiga, y después a Nate. Y entonces pareció comprender. Apretó la mandíbula, se guardó las gafas en el bolsillo de la camisa y miró a su amigo–. Será mejor que empieces a hablar. Y por tu bien espero que sea bueno.

Nate no sabía bien cómo afrontarlo, pero persuadió a todos para que se sentaran en el porche sin que le arrancasen la cabeza. Dada la expresión tensa de Marla, no deseaba compartir espacio con Greg, y a juzgar por la vena que palpitaba en la sien de Greg, él tampoco estaba muy cómodo. Pero la única alternativa era robarles la furgoneta a los Glenrowan o encontrar un canguro dispuesto a llevarlos a casa, así que la pareja controló su temperamento y escuchó.

Mientras bebían la limonada de la señora Glenrowan, Nate les explicó cómo había surgido la situación, comenzando con su visita a la tienda de Roxy. Dejó claro que Roxy había accedido a participar en su plan solo después de que Marla anunciara su viaje a California.

–Marla, tú te sientes herida por esas fotos –concluyó–, y Greg había intentado por todos los medios disculparse y compensarte por el daño. Pero, tal vez, si os sentáis y habláis de ello, cara a cara, podáis resolver algo, aunque solo sea para libraros de los malos sentimientos antes de que Marla se vaya a California.

Entonces Marla se puso en pie y miró a Roxy.

–No sé si podré perdonarte por ponerme en esta situación –le dijo con lágrimas en los ojos–. Después de todo lo que hemos pasado juntas, haces esto.

Roxy agachó la cabeza y Marla se dispuso a entrar en la casa. Pero entonces Greg se levantó también.

–Solo ha hecho lo que creía que era lo correcto –dijo–. Dios, Marla, si estás hablando de amistad, estos dos han hecho todo lo posible. Roxy y Nate tienen fe en nosotros. ¿Tú no puedes tener fe también? La suficiente para al menos escucharme. Eres la persona con la que quería pasar el resto de mi vida. Sigo queriendo eso, más que nada.

Nate mantuvo la respiración mientras Roxy se mordía el labio y Marla miraba a su ex con odio. Poco a poco el dolor en su expresión fue transformándose en algo menos hostil y más flexible.

–Supongo que sé que no has hecho esto para herirme, Roxy –dijo Marla–. Pero es tan... Bueno, nunca imaginé que... Supongo que, ya que Nate y tú os habéis tomado tantas molestias, y dado que estamos aquí, Greg y yo podríamos hablar –cuando Greg suspiró con una sonrisa y dio un paso hacia ella, Marla levantó las manos–. Eso no significa que haya cambiado de opinión. Solo que estoy dispuesta a escuchar lo que tengas que decir –miró entonces a Roxy–. ¿Cuántos días vamos a estar aquí?

–Cuatro –respondió Roxy.

–Será mejor que deshaga la maleta.

–Pensé que podíamos ir a nadar –intervino Nate–. En la web aparece un arroyo cercano que parece increíble.

–Si puedes fiarte de una foto que ves en una web.

Marla estaba siendo irónica con la situación de Greg, pero tenía razón. Aquella web hacía que el lugar pareciese un palacio.

–Debería daros las gracias por organizar esto –les dijo Greg cuando Marla entró en la casa–, pero esperaré a ver cómo salen las cosas. Podría acabar con un sartenazo en la cabeza o con Marla abrazada a mí. Espero que tengáis algo asombroso preparado para el siguiente acto.

Roxy se quedó sentada y esperó a que Greg entrara en la casa.

–Sé cuál es el plan general –dijo entonces–, pero ¿qué tenemos preparado exactamente?

–Nuestro próximo movimiento no puede fallar. Implica avivar un poco el fuego al mismo tiempo que ellos se refrescan.

–El arroyo –supuso ella.

–Tú y yo podemos chapotear un poco, reírnos y aliviar la tensión. Cuando bajen la guardia y empiecen a hablar, los dejaremos solos.

–He traído un traje de baño.

–Espero que no necesitemos trajes de baño durante mucho tiempo –ella le dirigió una mirada de advertencia–. Para Greg y Marla, quiero decir.

–He accedido a ayudar. Estoy aquí. Pero, por si tienes otra cosa en mente, te lo dejaré claro. No va a ocurrir.

Él fingió inocencia.

–¿Qué no va a ocurrir?

–Que nos acerquemos demasiado.

–¿Cuánto es demasiado?

–Como para besarnos, Nate.

–El caso es que, si le mostramos a Marla que hemos superado nuestras diferencias, creo que se mostraría más dispuesta a superar las suyas.

–Pero es que nosotros no hemos superado nuestras diferencias.

–Cierto –se quedó mirándole los labios carnosos antes de volver a mirarla a los ojos y encogerse de hombros–. Creí que hablabas en serio con lo que dijiste.

–¿Y qué dije?

–Que te gustaba que te abrazase. Que te besase.

–Esa no es la cuestión –dijo ella con voz temblorosa.

–¿Y cuál es la cuestión?

–Que tienes una idea descabellada sobre maldiciones y, francamente, que no confío en ti.

–No llegaste a decirme por qué te distrajiste la otra noche en tu sofá.

–Eso no importa ahora –contestó ella con rubor en las mejillas.

–¿Porque consideras que lo pasado, pasado está?

–Porque tú y yo hemos acabado. He accedido a venir aquí para ayudar a Marla, no para tener algo contigo.

Entró en la casa y Nate se quedó en el porche, haciendo un esfuerzo por no lanzarse sobre ella y demostrarle lo equivocada que estaba. ¿Pensaba que habían acabado? Tal vez no le haría el amor como había estado deseándolo, pero una cosa estaba clara.

Con cuatro días y cuatro noches, no sería por falta de intentos.

Capítulo 6

E L ARROYO resultó ser maravilloso. A la sombra de los eucaliptos, el agua corría más clara de lo que Roxy había imaginado. Dado el calor de la tarde, sin brisa y sin nubes que aliviaran el calor del sol, parecía deliciosamente fresca.

Y algo fresco era lo que más necesitaban.

Media hora después de la confesión de Nate en el porche, Marla estaba sentada en una roca frente al agua, con los labios apretados y una expresión que indicaba que preferiría estar masticando cristal. Greg estaba lanzando piedras al agua. Y a juzgar por la expresión de concentración de Nate, debía de estar ideando una manera de romper el hielo.

De pronto Nick se quitó los zapatos y se frotó las manos.

–Bueno, no tiene sentido quedarse mirando. Voy a entrar –dijo–. ¿Quién viene? –los otros dos lo ignoraron, así que miró a Roxy–. ¿Qué te parece?

Roxy se obligó a sonreír cuando por dentro estaba temblando. No por la situación de Greg y Marla. No por estar a punto de quitarse el vestido y mostrar su cuerpo en biquini. Lo que le preocupaba era lo que Nate había planeado. Chapoteo. Risas. Juntos en ese arroyo. Tal vez no fuera demasiado tarde para echarse atrás y volver a casa.

Nate comenzó a quitarse la camisa y ella solo pudo

quedarse mirando. Muchas veces, sobre todo de noche, se lo había imaginado sin camisa. Había imaginado su torso bronceado y fuerte, pero nunca tanto. Aquel cuerpo tenía que estar en una valla publicitaria.

Después empezó con los vaqueros.

Pero se detuvo con la mano en la cremallera. Roxy sintió que la miraba e inmediatamente levantó la cabeza. Tenía una sonrisa pícara que iluminaba sus ojos y a Roxy le aceleraba el corazón.

Se aclaró la garganta y miró hacia otro lado. Por el rabillo del ojo vio que se acercaba y la miraba de arriba abajo.

—Vas a entrar, ¿verdad? —preguntó bajándose los pantalones—. ¿Necesitas ayuda? ¿Con la cremallera, tal vez?

Se quitó los vaqueros y se pasó un pulgar por el interior del elástico del bañador negro, que se ceñía a sus caderas a la perfección.

—Tal vez debería tirarte al agua —dijo mientras ella caminaba hacia atrás.

—¡Ni te atrevas!

—¿Y si lo hago?

Nate se acercó más.

—Puede que grite —le advirtió ella.

—Me arriesgaré.

—Tú no corres ese tipo de riesgos.

—Tal vez necesite un cambio.

—Y tal vez mi pelo sea verde.

Roxy dio con la espalda en el tronco de un árbol. Había rocas a ambos lados. Intentar escapar sería inútil.

Nate siguió acercándose con una sonrisa hasta que su torso estuvo tan cerca que, si Roxy avanzaba unos centímetros, podría saborear aquella obra de arte con los labios.

–Oye, creo que hemos captado su atención –susurró él.

Roxy parpadeó. ¿La atención de quién? Pero entonces fue consciente de algo que no fuera el olor de su cuerpo y su cercanía, y recordó la situación. Miró de reojo a Marla y a Greg y vio que estaban observándolos, interesados, esperando su próximo movimiento.

–Ahora quítate la ropa –susurró Nate.

Roxy se humedeció los labios. Sentía la piel ardiendo. Pero estaba reaccionando exageradamente. Él sabía que llevaba un traje de baño debajo.

–Quieres decir que me quite el vestido.

–Es un comienzo –Nate ladeó la cabeza y volvió a mirarla de arriba abajo como si sus ojos fueran rayos X–. Pensándolo mejor, voto por desnudarte en el agua.

–¿Quién ha dicho algo sobre votar? Esto no es una democracia.

–Tienes razón. No lo es.

Nate se movió tan deprisa que ella no tuvo tiempo de esquivarlo o intentar empujarlo, aunque tampoco habría cambiado nada. Nate la tomó en brazos y la llevó hacia el agua. Roxy se sentía revitalizada y excitada. Debería sentirse escandalizada, y no abrumada por el deseo de pegarse más a él. Al menos sus gritos eran auténticos mientras pataleaba y rogaba que la dejara en el suelo.

Nate entró en el arroyo y ella sintió la humedad en el vestido.

–¿Prefieres que sea lento o rápido? –preguntó él.

–¿De qué estás hablando?

–¿Prefieres que te deje caer o que te sumerja poco a poco?

–Como si mi opinión contara.

–Me gusta la idea de oírte gritar mi nombre mientras te lanzo por los aires. Pero la experiencia me ha demostrado que hacerlo despacio es casi mejor.

No estaba hablando del agua. Estaba diciéndole lo mucho que desearía poseerla en el sentido sexual, incluso después de que ella le hubiese dicho que no iba a ocurrir. Y no iba a ocurrir.

Cuando Nate se dio la vuelta, Roxy sintió el agua en la espalda. No quería que la tirase, así que se agarró a él y le pasó un brazo por el cuello.

–Creo que lo estás disfrutando –le dijo él.

–Disfruta tú de esto.

Roxy se agachó y le lanzó agua a la cara con la mano.

Todo su cuerpo pareció tensarse antes de sacudir la cabeza para quitarse el agua del pelo. Miró a Roxy con una sonrisa y, como ella había temido, la dejó caer al agua sin previo aviso.

Dos segundos más tarde ella salió a la superficie lista para pelear.

Se lanzó sobre él y consiguió derribarlo. ¿O acaso se lo había permitido? En cualquier caso, estaba encima y pensaba aprovecharse. Lo empujó por los hombros hasta sumergirlo en el agua. Segundos después él contraatacó y la tiró otra vez al agua.

Roxy peleó y él le dejó ganar terreno antes de aprisionarla con las manos. Jamás había estado tan enfadada... y Nate nunca le había parecido tan atractivo.

A medida que el momento se alargaba, las risas y los forcejeos cesaron, pero siguieron agarrados. Ella tenía las manos en su cuello y él la tenía agarrada por la cintura. Roxy era consciente de cómo sus dedos se clavaban en su piel. Deseaba que actuara sin pedir permiso. Necesitaba que la besara hasta que el mundo dejase de dar vueltas y ella no recordara quién era, ni dónde estaba, ni por qué.

Sin pensarlo, deslizó los dedos hasta su garganta y sintió su pulso acelerado. Después le acarició la mandíbula mientras él la miraba fijamente y deslizó los dedos por su labio inferior, mirando cómo su expresión se intensificaba.

Con sumo cuidado, Nate la levantó un poco más hasta que sus dedos de los pies dejaron de tocar el fondo del arroyo. Roxy se permitió cerrar los ojos y esperar a que sus labios se tocaran. Pero en vez de eso oyó su nombre en un murmullo, como si la voz viniese de muy lejos.

—Roxy, se acabó.

Roxy abrió los ojos.

—¿Qué se acabó?

—Se han ido. O al menos eso creo.

Por un momento Roxy quiso ignorar sus palabras. Lo único que deseaba era sentir sus caricias, experimentar aquella atracción. Pero mientras Nate la miraba, su mente consiguió salir de la niebla. El chapoteo, las risas... flirteo.

Aquello no era para ellos. Era para Marla y para Greg.

Si antes pensaba que su corazón se había acelerado, ahora parecía desbocado. El encanto de Nate nunca dejaba de atraerla. De atraparla. Se sentía tan vulnerable como las demás veces que se habían tocado.

Pero sobre todo se sentía avergonzada. Nate le había dicho que debían dejar que sus amigos creyeran que habían superado sus diferencias. Pero Greg y Marla no eran los únicos engañados.

Con el agua goteándole por la cara, giró la cabeza para ver. Donde antes habían estado sus amigos, ahora solo había hojas secas. Bajó los brazos, sacudió las manos mojadas y se resignó.

–Tal vez se hayan ido a dar un paseo por la orilla.

El señor Glenrowan había sugerido que tomaran su furgoneta en caso de que alguien estuviera demasiado cansado para volver andando después de nadar. Tras aparcar junto a los árboles de la orilla, Nate había dejado las llaves en el contacto. En ese momento oyeron el motor, después el cambio de marchas y finalmente los neumáticos alejándose.

–Bueno, ha sido una pérdida de tiempo –dijo Roxy.

–Eso depende de cómo lo mires.

El brillo y la intención habían vuelto a sus ojos. Se acercó ligeramente a ella, le apartó el pelo húmedo de la cara y le dio un beso suave y húmedo en una parte especialmente sensible del cuello.

–No creo que regresen –murmuró él–. Eso no significa que tengamos que marcharnos –le acarició la mandíbula con la nariz y finalmente le dio un beso en la boca.

Con los labios apenas rozándose, se miraron a los ojos. Cuando él apartó la cabeza un centímetro, ella lo siguió y en esa ocasión fueron sus labios los que tomaron la iniciativa; una vez, dos veces. Tal vez Nate la volviese loca, pero en aquel momento no tenía fuerza de voluntad. Si no la besaba pronto, ella misma tiraría de su cuello.

En su lugar, Nate deslizó las manos por su vestido y ella empezó a disolverse mientras él se tomaba su tiempo en desabrocharle cada botón. Con las gotas resbalando por su espalda y por sus brazos, Roxy se quedó allí de pie, temblando, esperando, hasta que finalmente el vestido cayó al agua alrededor de sus muslos. Después Nate le desabrochó la parte de arriba del biquini y la agarró antes de que cayera al agua. Entonces se agachó lentamente.

Mientras ella aguantaba la respiración, él le desabrochó los nudos de la parte de abajo y, con dos dedos entre las piernas, se la quitó. Colocó la otra mano en la parte trasera de su muslo y la empujó hacia él.

En cuanto rozó su sexo húmedo con la lengua, Roxy echó el cuello hacia atrás e instintivamente se agarró a su pelo. A pesar del agua fría, estaba ardiendo y sus pulmones no lograban llenarse del todo. Entonces Nate comenzó a succionar, ligeramente, con delicadeza, y Roxy pensó que iba a empezar a temblar.

Roxy sentía su cuerpo encendido de deseo. No le importaba que estuvieran al aire libre. No habría tenido fuerza para detenerlo ni aunque hubieran estado haciendo el amor en mitad de Sídney. Allí de pie, desnuda, disfrutando del placer que provocaba dentro de ella, solo deseaba que siguiera.

Nate agachó la cabeza lo suficiente para acariciarla con los labios y después con la lengua. Ella apretó los muslos y le clavó los dedos en los hombros. Pero poco después él apartó la boca y se puso en pie hasta estar los dos de nuevo cara a cara. Antes de que Roxy pudiera darse cuenta, la besó con tal pasión que parecía que no era el mismo hombre.

Mientras la besaba, la tomó en brazos y caminó hasta la orilla, donde la tumbó en la hierba y se quedó de pie frente a ella. El agua resbalaba por su torso y sus abdominales marcados. Entonces se quitó el bañador y ella no pudo apartar la mirada. Era un hombre alto, fuerte y tremendamente excitado. Se tumbó sobre ella y el calor recorrió su cuerpo hasta que con la boca encontró sus pezones.

Se los estimuló con la lengua y pequeños mordiscos mientras con la mano acariciaba lo que antes había acariciado con la boca. La espiral de sensaciones fue inmediata y tan fuerte que Roxy sintió la promesa del clímax inminente. Estar con Nate de aquella manera resultaba extraordinario y nuevo, pero al mismo tiempo se preguntaba si en otra vida habrían coincidido así.

Los vaqueros de Nate habían aterrizado cerca. Roxy se dio cuenta de que estaba manipulando el cinturón; no, el bolsillo. Sacó algo de dentro. Un paquete de aluminio. Protección. Pero cuando se incorporó para ponerse el preservativo, en su necesidad de darle placer, Roxy agarró su miembro con una mano. Él gimió mientras se tumbaba y, tras pasarle un brazo por detrás de la cabeza, volvió a besarla.

Tumbada bajo el sol, deslizó la mano arriba y abajo por su miembro, disfrutando de cómo Nate se movía con ella. Y, cuando sintió que estaba a punto de perder el control, Roxy apartó la mano con reticencia y dejó que se pusiera el preservativo.

Segundos más tarde estaba otra vez sobre ella. Le agarró la pierna y la enredó en su propio muslo de acero. Roxy deslizó los dedos por el vello de su pecho y lo miró a los ojos, que sabía que en ese momento solo la veían a ella.

—No podría haber pasado mi vida sin experimentar esto —dijo él—, sin conocerte de esta manera. No te habría dejado ir.

Cuando la penetró, ella estaba más que preparada, y aun así la presión inicial le hizo aguantar la respiración. Mientras una mecha encendida recorría su cuerpo, él hundió la cabeza en su pelo y murmuró palabras que le humedecieron los ojos. Entonces comenzó a moverse con un ritmo firme que igualaba los latidos de su corazón.

Pronto el deseo estaba por todas partes. Mientras el fuego en su interior seguía creciendo, él se apoyó sobre los codos. Le sujetó las manos por encima de la cabeza, cerró los ojos y levantó la cara hacia el sol. Cuando volvió a moverse, estimuló un punto sensible e inestable dentro de ella, Roxy gimió y, en un acto reflejo, presionó los músculos en torno a su erección.

Un fuego imposible de contener se desató en su cuerpo y Roxy se encontró a sí misma suspendida en la cima del mundo. Como si hubieran llegado al mismo lugar en el mismo momento, Nate aguantó la respiración y se quedó quieto también. Con la frente sudorosa, la miró a los ojos con una sonrisa y se movió una vez más.

Segundos más tarde, Roxy fue catapultada a las estrellas, donde explotó en mil pedazos.

Capítulo 7

ESTÁS pensativo.

El olor mentolado de los eucaliptos se había atenuado a medida que el calor del día disminuía, y Nate no recordaba haberse sentido nunca tan en paz. Pero al oír las palabras de Roxy salió de su ensimismamiento y reflexionó sobre lo que acababa de suceder. Ella tenía la mejilla sobre su torso y él le acariciaba el pelo, los dos tumbados junto al arroyo.

Nate cerró los ojos, le dio un beso en la coronilla y volvió a pensar en sus palabras.

—Solo estaba pensando en cuándo podré volver a tenerte.

Cuando sus partes bajas se agitaron con la idea, reunió energía, se incorporó y entró en el agua, arrastrando a Roxy con él. La estrechó entre sus brazos y, mientras ella sonreía y se restregaba contra su cuerpo, le cubrió de besos los hombros y el cuello.

—De hecho —murmuró ella deslizando las uñas por su nuca—, temía que pensaras que me arrepiento de que esto haya sucedido.

—¿Te arrepientes?

—Sí —respondió ella—. Y no. Estaba decidida a no dejar que te acercaras.

—Bueno, es difícil acercarse más. Aunque me gustaría intentarlo. Supongo que esto tenía que ocurrir.

—Así que ya nos lo hemos quitado de encima.

–Yo no.

–Ha estado bien, ¿verdad?

–Bien no –respondió él antes de darle un beso en la frente–. Ha estado genial.

Durante los minutos siguientes, Nate descubrió nuevos lugares que explorar, zonas muy sensibles que le aceleraron la respiración. Mientras ella deslizaba los dedos por su pecho, deteniéndose de vez en cuando para estimularle los pezones, su erección creció de nuevo. Automáticamente, él se arrodilló, la agarró de las nalgas y la levantó. Con los pezones acariciándole las clavículas, Roxy enredó las piernas en torno a sus caderas y le rodeó el cuello con los brazos. Cuando Nate la penetró de nuevo, ella contuvo la respiración y se derritió de nuevo.

Para cuando él se acordó de la protección, Roxy parecía estar disfrutando más que él, si eso era posible. Tenía los dedos clavados en sus hombros y giraba la cabeza de un lado a otro mientras se movía encima de él. Nate tuvo que hacer un gran esfuerzo para mantener el control. Estaba a punto de dejarse ir.

–¿No deberíamos ver qué ha sido de nuestros amigos? –preguntó ella mientras lo besaba.

–Enseguida –contestó él.

–Puede que piensen que nos hemos ahogado.

–De la manera más agradable posible.

La penetró de nuevo, Roxy contuvo la respiración, se quedó quieta, suspiró con satisfacción y comenzó a moverse de nuevo.

Tras varios minutos, cuando a Nate comenzaron a dolerle las piernas de hacer fuerza contra la corriente, ella dijo:

–Creí que nuestra misión era lograr que volvieran a estar juntos, no acabar nosotros...

Cuando susurró aquella palabra, a Nate le pareció la cosa más erótica que había oído jamás. Si no paraba ya, sería demasiado tarde. Se apartó de ella, pero manteniéndola cerca. Necesitaba un segundo preservativo y lo necesitaba cuanto antes.

–Podrían estar hablando en cualquier parte –respondió, moviéndose con ella hacia la orilla.

–O podrían estar organizando sus huidas por separado.

Nate se apartó y la miró. Tal vez Roxy hubiera sucumbido a la pasión, pero ahora estaba otra vez centrada en ayudar a su amiga. La parte racional de su cerebro decía que tenía razón. Debían regresar. Pero sus patrones sexuales exigían más tiempo a solas. ¿Qué más darían diez minutos?

Cuando ella frunció el ceño, Nate supo que había dicho aquello en voz alta. Decidida, Roxy se alejó y llegó hasta la orilla.

–Después de ignorarla de esta manera, no me sorprendería que Marla se negase a dirigirme la palabra.

–No estabas ignorándola. Estábamos creando ambiente. Pero tienes razón –dijo él–. Tenemos que trabajar más duramente si queremos que esto siga hacia delante.

Con Roxy de espaldas a él, Nate disfrutó de su parte trasera mientras ella se volvía a poner el biquini.

–Seguir hacia delante significa lograr que pasen tiempo juntos –dijo ella mientras se ponía el vestido.

–Y que vean de primera mano cómo se solucionan las cosas –Nate se colocó tras ella y le acarició la mejilla con la suya–, y lo buenas que pueden ser las reconciliaciones.

–Siempre y cuando no nos distraigamos demasiado –contestó ella mirándolo por encima del hombro.

–Yo he estado completamente distraído –Nate le dio la vuelta y apoyó la frente en la suya–. Desde la noche que me echaste de tu casa no he parado de pensar en ti.

Ella retrocedió.

–Por favor, dime que no vas a volver a mencionar eso de la maldición.

–No volveré a mencionar lo de la maldición.

–¿Dejarás de hablar de no llegar a ser lo que podrías ser?

–Lo prometo.

Y, si pudiera decir eso y creérselo, ¿no podría invitar a Roxy a la fiesta de aniversario de sus padres? Ellos podrían conjeturar todo lo que quisieran. Era cosa suya hasta dónde llegara una relación. Disfrutaba haciendo el amor con Roxy, más que con ninguna otra mujer, pero aún conservaba todas sus facultades. No se había visto deslumbrado por un amor repentino ni sentía la necesidad de pedirle matrimonio y tirar su carrera por la borda. De hecho, se sentía firme. Fuerte.

Se aclaró la garganta y se dispuso a mencionar que sus padres llevaban casados treinta y un años, lo cual les llevaría a hablar de la fiesta y de que le gustaría que le acompañara, pero en ese momento Roxy dio un grito, se rio y se llevó la mano a la boca como si quisiera borrar ese sonido.

–¿Has visto eso?

Señaló con el dedo hacia un lugar del arroyo donde la superficie ondeaba. Nate divisó una sombra bajo la superficie... un animal cubierto de pelo y con pico. Roxy le agarró el hombro con ambas manos.

–Un ornitorrinco –susurró–. Me pregunto si tendrá un nido. Son una mezcla entre un castor y un pato. ¡Qué monos!

–Tienen espuelas en las patas traseras –dijo él, y buscó a su alrededor un palo o una piedra–. Creo que incluso son venenosos.

Lo cierto era que podían reírse, pero la realidad era que estaban en mitad de la naturaleza, no en un jardín de ciudad.

Roxy se reía.

–De acuerdo. No le molestaremos.

Nate se volvió hacia ella y deslizó la mano por su cintura hasta llegar a los pechos. Pero, con una sonrisa y un movimiento de cabeza, ella se apartó y se dirigió hacia el sendero. Él se golpeó los muslos con las manos, después se puso los zapatos, se colgó la camisa y los vaqueros del hombro y la siguió.

–Supongo que deberíamos marcharnos antes de que te atrape un *bunyip* –bromeó él.

–¿Por qué a mí? ¿Por qué no a los dos?

–Porque solo comen carne de mujer –le dio la mano y la ayudó a atravesar los arbustos–. El folclore aborigen dice que viven en arroyos y en ojos de agua.

–En alguna parte leí que se parecen a las gárgolas.

–Algunos dicen que parecen perros rabiosos con aletas. O que están cubiertos de plumas, con cola de caballo.

–Sí que tienes imaginación.

–Dice la mujer que crea vestidos de novia de conejo.

Le pasó el brazo por la cintura y tomó aire. La casa de los Glenrowan era una mancha gris en el horizonte. Tenía tiempo de sobra para sacar el otro tema.

–Mis padres celebran una fiesta este fin de semana –dijo–. Es un evento anual.

–¿Su aniversario?

¿Cómo lo sabía?

–Me preguntaba si querrías venir –esperaba curiosidad. Tal vez cierto interés. Pero en vez de eso, Roxy se mordió el labio y miró hacia otro lado. Él se carcajeó–. Controla tu entusiasmo.

–¿Estás seguro de que quieres que vaya?

–Te lo he preguntado, ¿no?

–Ya veremos lo que te parece cuando lleguemos a casa.

Él arqueó las cejas.

–¿Crees que cambiaré de opinión?

–No creo que sea buena idea precipitarnos.

–Te estoy invitando a una fiesta, no a compartir el resto de nuestras vidas. Estoy rompiendo mis barreras. Es algo bueno.

–No estoy tan segura...

–Pues yo sí. ¿O acaso se trata de ti?

–¿De mí?

–Tal vez tú tengas más inhibiciones que yo –dijo él mientras caminaban.

–Dudo que eso sea posible.

–¿Veías mucho a tu padre después de que se marchara?

–¿Qué tiene eso que ver con...?

Pero cuando se interrumpió y el brillo defensivo desapareció de sus ojos, suspiró y siguió caminando. No estaba riéndose de ella, simplemente intentando demostrar algo. Si él tenía un motivo familiar para querer mantenerse alejado de los problemas, ella también.

–Después de que él volviera a casarse, mi madre insistió en que fuese a visitarlo todos los fines de semana –explicó–. Decía que él y yo nos merecíamos conocernos mejor. Ahora me pregunto si me enviaba para recavar información más que otra cosa. Pero a su segunda esposa no le caía muy bien, lo cual me daba igual, porque ella a mí tampoco me caía bien. Mis visitas fueron siendo cada vez más espaciadas. Cuando ese matrimonio también fracasó, comencé a visitarlo de nuevo. Hasta que descubrí nuevos botes de perfume en el baño y camisones distintos bajo la almohada de mi padre. Se casó esa tercera vez y yo deseé que hubiese encontrado a la definitiva. Pero en lo que respecta a mi padre, una mujer nunca era suficiente.

–¿Hablas con él ahora?

–Supongo. No puedo olvidar el daño que nos hizo, pero he intentado... perdonar. Una vez le dije el daño que me había hecho, pero no lo comprendió. Dijo que nunca había dejado de quererme. Pero yo no creo que sepa lo que es querer.

–¿Era un buen padre en otros sentidos?

–Cuando yo era muy pequeña, recuerdo que me daba un beso en la frente todas las noches antes de dormirme. Me decía que era su princesa especial. Mientras crecía tenía esas dos ideas opuestas de él en mi cabeza. Había una parte de mí que incluso comprendía por qué mi madre no quería abordar el tema de sus aventuras extramatrimoniales. Nunca se lo he confesado a nadie.

–Tú querías a tu padre. Lo comprendo.

–Podía ser muy divertido –explicó ella–. Un hombre encantador. Un poco como tú.

–Confía en mí. No me parezco en nada a él.

–Mi tía abuela Leasie se enamoró de un hombre así una vez. Harry Mercer. Se ganaba la vida vendiendo seguros de vida fantasmas en los sesenta. Ella lo dejó en cuanto se enteró. Harry sigue escribiéndole cartas desde prisión, pero ella nunca responde. A veces creo que querría hacerlo, pero es demasiado lista para ceder, aunque sea un poco.

–¿Tu tía se casó alguna vez?

–Está feliz sola –respondió Roxy–. Bueno, eso no es del todo cierto. Colecciona periquitos. Son pequeños, amistosos y no dan trabajo.

–No como los hombres.

–No como los hombres como Harry.

O como el mujeriego de su padre. Nate podría intentar manipular una situación para obtener el mejor resultado, pero nadie podría acusarlo de ser infiel. Tal vez no quisiera precipitarse a la hora de casarse, pero cuando lo hiciera sería para siempre. ¿Por qué hacer algo si no pensaba hacerse correctamente?

Cuando atravesaron la verja y entraron en la finca donde se encontraba la casa, Nate olfateó el aire.

–Huelo a pan horneándose.

–Estamos en el campo. Apuesto a que es pan de hogaza.

Nate olfateó de nuevo.

–Y algún tipo de guiso –se llevó las manos al estómago. No había comido nada desde los sándwiches del avión.

A un lado de los escalones de la casa se encontraba el señor Glenrowan encargándose del fuego. Suspendidas sobre las llamas había dos cazuelas de hierro forjado. Una para el guiso y otra para el pan.

Al verlos, el señor Glenrowan sonrió y se puso en pie.

–Me preguntaba dónde estabais. Vuestros amigos llegaron hace tiempo.

Roxy se sonrojó, y no era por el sol.

–¿Dónde están? –preguntó.

–Marla está ayudando a mi esposa.

–Y yo he estado recogiendo leña para el fuego.

Nate identificó aquella segunda voz. Greg estaba doblando la esquina de la casa con troncos a cuestas.

–Buen trabajo –dijo el señor Glenrowan–. Déjalo ahí. Yo iré a ver qué hacen las damas.

Obviamente ansiosa por hablar con Marla, Roxy corrió tras él.

–Yo también voy.

Greg se detuvo ante su amigo con expresión sombría.

–¿Ya te has refrescado?

Nate se quitó el sombrero y se puso la camisa.

–Deberías haber venido a nadar.

–¿No conoces el dicho? Tres son multitud.

–Te olvidas de Marla.

–No. Marla se ha olvidado de mí –Greg dejó la leña en el suelo y se quedó agachado junto al fuego, contemplando las llamas.

–Cuando Roxy y tú empezasteis a intimar, ella se fue. Yo la seguí. Tomamos la furgoneta hasta aquí. Incluso hablamos.

–¡Greg, eso es fantástico!

–Hablamos sobre un tío suyo que tenía una propiedad. Me explicó detalladamente cómo su tío castraba becerros. Al parecer son capaces de romper cualquier candado con tal de llegar hasta la vaca. Incluso me describió la herramienta que utilizaban. Para cuando apagué el motor, tenía ganas de vomitar.

–Está poniéndote a prueba.

–Díselo a mis testículos.

Nate miró hacia el porche.

–Pronto saldrá y tendrás otra oportunidad. Tú sígueme la corriente. Relájate.

Greg dejó de avivar el fuego con un palo y levantó la mirada.

–¿Y qué hay entre vosotros? Creí que no tenías interés en volver a ver a Roxy. Y me imagino que la has visto por delante y por detrás en ese arroyo.

Después de la fiesta de compromiso, Nate solo había mencionado que no quería volver a verla. Y que probablemente ella tampoco querría verle a él. Suponía que Roxy le habría contado a Marla una historia similar. No tenía sentido sacar a relucir los besos y las maldiciones. Greg solo se reiría de él más que Roxy. Así que decidió contarle a su amigo la verdad; o al menos una parte de la verdad.

–Que Roxy y yo estemos aquí juntos... bueno, es un numerito.

–¿Un numerito?

–Para demostrarle a Marla que la gente merece una segunda oportunidad.

–Lo que os he visto hacer en ese arroyo no era ningún numerito.

–Estábamos bromeando. Soy un hombre, ella una mujer...

–Y, si no hubiera habido agua, las llamas habrían ardido más que estas –lanzó el palo al fuego–. No os podríamos haber separado ni con una palanca.

–Y eso demuestra lo que quiero decir. Si Roxy y yo podemos seguir hacia delante, imagina lo fácil que sería si lograras acercarte a Marla durante unos minutos.

Greg se rascó la sien mientras lo pensaba y se puso en pie.

–Quizá si tuviera la oportunidad adecuada...

–Roxy y yo podemos ayudarte con lo primero. Lo demás depende de ti –la malla metálica de la puerta se abrió y se cerró. Nate le guiñó un ojo a su amigo–. Sígueme la corriente.

Roxy se dirigió hacia las escaleras con un cuenco de ensalada. Después apareció el señor Glenrowan con los platos. Su esposa y Marla salieron las últimas con las servilletas, los condimentos y los cubiertos.

El señor Glenrowan dejó el pan sobre la mesa.

–La mantequilla está ahí por si queréis.

Nate partió un trozo de pan y le hincó el diente. Estaba muerto de hambre. Pero entonces se acordó de Roxy, de sus modales y del plan. Dejó el pan, se limpió las manos y preguntó:

–¿Te corto un trozo?

Ella asintió.

–Con un poco de mantequilla.

Cuando Nate hubo terminado, Greg se acercó, cortó dos pedazos y le llevó uno a Marla.

–Sin mantequilla, ¿verdad? –preguntó.

Marla pareció sorprendida por su amabilidad, pero aceptó el plato y le dedicó una sonrisa.

–La primera noche de nuestros invitados –dijo el señor Glenrowan mientras removía el guiso en la cazuela–, siempre cenamos bajo las estrellas –miró hacia el cielo y después colocó el guiso sobre la mesa–. Servíos un poco y sentaos en un tronco.

Señaló tres bancos de madera posicionados en forma de U en torno al fuego. Tras llenarse los platos, Nate y Roxy ocuparon el banco más cercano a la casa. Greg se sentó en el segundo y Marla ocupó el tercero.

Roxy se llevó una cucharada a la boca, pero la apartó inmediatamente.

–Está caliente.

–Deja que se le vaya un poco el vapor –Nate le quitó la cuchara y removió el guiso con ella durante unos segundos–. ¿Te importa que lo pruebe?

Sorprendida, Roxy se encogió de hombros.

–Claro. Adelante.

Nate se llevó la cuchara al labio superior, sonrió y se la entregó.

–Creo que ya está bien.

Greg se quedó mirando el plato de Marla, obviamente preguntándose si estaría también demasiado caliente. Pero ella no le dio la oportunidad de ayudar. Mojó un trozo de pan en la salsa y lo probó antes de dar un bocado a la ternera.

Al palpar la incomodidad en el ambiente, Roxy inició una conversación.

–Nate y yo hemos estado hablando de los *bunyips*.

El señor Glenrowan se carcajeó y se acomodó en el banco de Greg.

–Bestias ruidosas.

Marla tragó y ladeó la cabeza.

–¿Creéis en los monstruos?

–Aquí en el campo –dijo la señora Glenrowan sentándose junto a Marla–, acabas creyendo en todo tipo de cosas.

–En realidad son los búhos que anidan junto a los arroyos los que emiten esos sonidos chillones. Como el grito de una mujer –dijo el señor Glenrowan.

–¿Están anidando en este momento? –preguntó Marla.

–A veces se los oye.

Cuando Greg se acercó a la mesa a por una servilleta, el señor Glenrowan le hizo un gesto a su mujer y ella se sentó a su lado. Greg no perdió el tiempo y se sentó a medio metro de Marla.

Satisfecho con el progreso, Nate siguió hablando.

–Apuesto a que hay historias de fantasmas por aquí.

–De todo tipo –contestó el señor Glenrowan.

–¿Cuál es tu favorita? –preguntó Roxy. Al mismo

tiempo Nate miró a Greg y, a modo de demostración, se acercó más a ella. En ese momento Marla dejó caer la cuchara. Greg la agarró en el aire y aprovechó para acercarse cuando se la devolvió.

–Podríamos contarles la de esa mujer hace cincuenta años –sugirió la señora Glenrowan–. La hija de un general que estaba de vacaciones aquí se perdió en el bosque. El general y su esposa pasaron días buscándola. Finalmente la encontraron junto al arroyo.

–¿Ese arroyo? –preguntó Roxy.

–Sí, pero un poco más arriba.

–¿Estaba viva? –preguntó Marla.

–Respiraba, pero estaba empapada y en una especie de trance. No paraba de decir que el espíritu del agua la había salvado. Describió a un hombre guapo de piel de ébano, con dientes muy blancos y ojos encendidos. Todas las noches desde entonces, la chica caminaba hasta el agua para esperar a que regresara.

–Un fantasma –susurró Marla.

–Y su amante –dijo la señora Glenrowan–. Nueve meses después, la chica tuvo un bebé. Tenía su misma tez, pero los ojos... –cuando la señora Glenrowan se inclinó hacia delante, Marla se pegó a Greg–. Sus ojos eran muy brillantes. Del mismo color que el sol a mediodía cuando el cielo está lleno de polvo y viento.

–¿Quieres que traiga algo para taparte? –preguntó Greg cuando Marla se estremeció.

Marla sonrió.

–Me encantan las historias de fantasmas, pero...

–Te producen pesadillas –concluyó Greg, justo antes de que se oyera un chillido en las sombras y Marla diera un respingo.

–Es un búho –aclaró el señor Glenrowan, haciendo equilibrios con el plato sobre su regazo mientras cortaba pan y su mujer seguía comiendo con una sonrisa enigmática.

Nate se echó hacia atrás en su asiento. Qué pareja tan intrigante.

–¿Cómo os conocisteis? –preguntó.

–Mi hermana salía con su hermano –contestó la señora Glenrowan.

–¿Tuvisteis una doble boda? –preguntó Roxy.

–Roxy diseña vestidos de novia –explicó Nate, y vio que Marla miraba de reojo a Greg. Estaba pensando en ponerse ese vestido. Pensando en el hombre al que amaba y que estaba tan cerca.

La señora Glenrowan bajó el plato.

–Por desgracia ellos no se casaron. Tuvieron una pelea. Un malentendido, en realidad. Ella se marchó enfadada.

–Y nunca hicieron las paces –supuso Nate.

–Al final ella acabó con un viudo que tenía seis hijos –dijo el señor Glenrowan.

–Mi hermana no podía tener hijos –añadió su esposa.

–¿Así que las cosas acabaron bien? –preguntó Marla.

–Mi hermano nunca se casó. Hoy en día aún la echa de menos –el hombre le estrechó la mano a su esposa–. Yo siempre he sido el afortunado.

–Aunque hemos tenido nuestras desavenencias –señaló la señora G.

–Pero siempre me perdonas.

La pareja se miró a los ojos durante unos segundos y después la mujer soltó una risita tímida.

–Creo que será mejor que me encargue de los platos.

Marla se puso en pie.

–Yo lo haré.

Greg se levantó también.

–Te ayudo.

Marla pareció contener la respiración y Nate se puso en pie también.

–Roxy y yo recogeremos aquí fuera.

Marla se fijó en la señora Glenrowan, que le limpió a su marido la comisura de los labios con una servilleta antes de darle un beso. Frunció el ceño y finalmente asintió. Recogió los platos y entró en la casa.

–Os veré más tarde –dijo Greg mientras recogía el pan.

Nate cruzó los dedos mentalmente.

Esperaba que fuese mucho más tarde.

Los Glenrowan se fueron a dar un largo paseo y dejaron a Roxy y a Nate hablando en susurros sobre los progresos que Marla y Greg parecían haber hecho esa noche. Por primera vez desde que accediera a participar en el plan, Roxy se sentía optimista. Tal vez la estratagema de Nate funcionara al fin y al cabo.

Cuando el fuego se apagó y fue evidente que sus amigos no pensaban volver, Roxy dejó que Nate le diera la mano para entrar en casa. Mientras subían los escalones de madera, los nervios se le agarraron al estómago. Aún estaba temblorosa después de su encuentro en el arroyo. No podía negar que ansiaba poder disfrutar de ello de nuevo esa noche tras la puerta cerrada de su habitación.

Pero con la relación de Greg y Marla tan dañada, también se sentía culpable. Con suerte se habrían reconciliado mientras fregaban en la cocina. ¿Así que por qué no disfrutar un poco más de lo que Nate podía ofrecerle? Tampoco era como si aquello fuese a durar indefinidamente, por varias razones. Aunque se preguntaba cuándo acabaría. No antes de la fiesta de aniversario... si acaso aceptaba la invitación. Y francamente sentía curiosidad. Los Glenrowan parecían completamente devotos el uno de la otra. ¿Cómo serían los padres de Nate?

¿Cómo la recibiría su familia?

Recorrieron el pasillo en silencio para no molestar. Al final del pasillo giraron a la izquierda y encontraron su equipaje frente a dos dormitorios diferentes. Nate asomó la cabeza a una habitación, después a la otra. Luego agarró ambas maletas y entró en la primera.

—Esta habitación parece la nuestra.

Roxy encendió la luz y entró en la habitación. La cama era grande y estaba cubierta con cojines y una colcha. Había una cómoda de cedro antigua contra una pared. Las cortinas oscilaban suavemente con la brisa nocturna que entraba por la ventana abierta.

Respiró profundamente y suspiró.

—Aquí huele a pétalos de rosa.

Nate encendió una lámpara, apagó la luz principal y se acercó a ella. Deslizó las manos por sus caderas y la acercó a él lo justo para que sus labios casi se rozaran. Pero, cuando giró la cabeza y la agarró con más fuerza, ella apartó la boca.

—Estás siendo presuntuoso.

—Después de todas esas cosas sobre fantasmas, creí que querrías compañía esta noche.

—No soy de las que se asustan, ¿recuerdas?

—Entonces tal vez deberías hacerme el favor.

Incapaz de resistirse, Roxy le metió las manos por debajo de la camisa, le acarició el vientre plano y vio cómo cerraba los ojos.

–¿Y qué tipo de favor sería ese?

–Se me ocurren muchos tipos de caricias.

–Interesante.

–Alternadas con muchos besos.

Sujetándole la mandíbula con ambas manos, Roxy lo besó lentamente y después se apartó.

–¿Así? –preguntó.

Él gruñó y la acercó de nuevo.

–Justo así.

La besó con más pasión, pegándola a su cuerpo para que quedase claro lo mucho que la deseaba. Ella comenzó a desabrocharle la camisa, pero no lo suficientemente deprisa. Él se desabrochó un botón, pero ella le sujetó la mano para detenerlo.

–Eh, vaquero, este es mi trabajo.

–Creí que podría ayudar.

Roxy fingió pensárselo.

–Bien, de acuerdo.

Nate se agarró la camisa y se la sacó por encima de la cabeza.

–Ya está. Hecho.

Se quitó después el bañador, luego a ella el vestido. Después se la colgó del hombro y la llevó a la cama. Cuando la dejó caer sobre el colchón y, con una rodilla en la cama, se tumbó sobre ella, Roxy sintió que todas las células de su cuerpo ardían. Nate le pasó un brazo por detrás de la cabeza y la besó con más deseo y pasión de lo que Roxy hubiera creído posible.

Capítulo 8

UN GRUÑIDO masculino proveniente de debajo de las sábanas sacó a Roxy de sus sueños.

Abrió los ojos y sonrió al ver la luz del sol que entraba por la ventana. Después sonrió más aún al recordar la noche anterior. Giró la cabeza, miró a Nate a su lado y tuvo que morderse el labio para no suspirar. Lo había hecho... había superado su miedo y se había acostado con Nate Sparks, y de maneras altamente orgásmicas.

El rato que habían pasado en el arroyo había sido algo maravilloso. Se le calentaba la sangre solo con pensar en cómo Nate había usado las manos, la lengua... Y después, por la noche, al hacer el amor de nuevo, los fuegos artificiales habían vuelto a explotar más alto. Más brillantes. No podía creer que dos personas haciendo el amor pudieran crear tanta magia.

Aunque, al acurrucarse a su lado para dormir, Roxy había tenido un pensamiento inquietante. Si aquello mejoraba, no podría volver a verlo. Ya resultaba adictivo. No quería engancharse, y él tampoco.

Estaba disfrutando del cosquilleo que sentía en el estómago solo por estar con él cuando Nate arrugó la nariz y estiró un brazo. Cuando el brazo aterrizó sobre su cintura, el impacto la dejó sin aire. Aún dormido, la acercó a él. Desnuda bajo las sábanas, Roxy recuperó la respiración y se restregó contra él. Tal vez los días fueran cálidos en el campo, pero las mañanas eran suaves.

Durante unos segundos se quedó contemplando los ángulos de su cara al tiempo que sus dedos ansiaban acariciar el vello de su pecho. Pegada a él, Roxy disfrutó de sus recuerdos, hasta que estaba tan excitada que solo deseaba que se despertara para volver a hacer el amor.

Tal vez un empujón cariñoso...

Colocó una rodilla sobre su muslo. Cuando Nate murmuró algo, pero volvió a dormirse, lo empujó con más fuerza y sintió el deseo expandirse por todo su cuerpo.

Nate tenía una erección, y resistir la tentación de besarlo y acariciarlo hasta despertarlo se había convertido en un auténtico desafío. Entonces se giró hacia ella y Roxy sintió su erección contra el vientre. Tal vez Nate no lo supiera, pero estaba pidiendo sus atenciones a gritos.

Roxy deslizó una mano tentativa por su cadera, después por el muslo, y finalmente agarró su miembro erecto con los dedos.

Nate se estremeció y ella se inclinó para darle un beso en el pecho. Pero él siguió con los ojos cerrados.

Roxy frunció el ceño. ¿Qué haría falta para despertarlo? Tal vez debiera mordisquearle la oreja o deslizar la lengua por la comisura de sus labios o...

Sonrió con perversión.

«O tal vez deba darle algo para recordar», pensó.

Con infinito cuidado, se giró y comenzó a cubrirle de besos el pecho, después el abdomen. Acarició con la lengua su ombligo antes de seguir bajando y tocar con los labios la punta de su erección.

En la semioscuridad de debajo de las sábanas, se

metió su miembro en la boca y su interior comenzó a palpitar. Sus pechos le acariciaban las piernas, y finalmente se rindió al calor que circulaba por sus venas y se acumulaba entre sus muslos.

Pronto él también comenzó a moverse; con ella, contra ella. Roxy habría sonreído de haber podido. Estaba despierto, o al menos todo lo despierto que necesitaba estar.

Cuando sus movimientos se intensificaron y ella ya no estaba cómoda, lo soltó con reticencia y fue subiendo lentamente, cubriéndolo de besos a su paso. Y cuando llegó a la altura de su cara, fue recompensada por la sonrisa más sexy del mundo.

–Esto sí que son unos buenos días –dijo él.

–Creí que nunca te despertarías.

–¿Quién dice que no estaba despierto?

–¿Estabas haciéndote el dormido? Eso no es justo.

–Tal como yo lo veo, eres tú quien se ha aprovechado de mí. Y no dejes que te detenga –se quedó tumbado en la cama con las manos detrás de la cabeza–. Hazlo con cuidado.

–¿Y si no estoy de humor para hacerlo con cuidado?

Sin previo aviso, Nate apartó las sábanas, la agarró y la montó sobre él. Tras un grito de sorpresa, ella se rio.

–Shh –fingió reprenderla–. Vas a despertar a toda la casa.

–Temo que los hayamos tenido despiertos toda la noche.

Nate le acarició un pecho con la mano y le estimuló el pezón con los dedos. Después fue bajando y Roxy escuchó el ritmo visceral en su interior mientras el placer empezaba a aumentar.

Sin soltarle las caderas, Nate se recolocó debajo y la penetró lentamente. Sin darse cuenta ella comenzó a moverse. Las sensaciones se intensificaban con cada embestida, y casi demasiado pronto se encontró de nuevo haciendo equilibrios al borde de aquel maravilloso precipicio.

Se quedó rígida por un momento, arqueó la espalda y se concentró para mantener aquel status quo; aquella delgada línea entre al comprensión infinita y el cielo era demasiado buena para dejarse llevar.

Abrió los ojos y vio que el amante más considerado del mundo estaba mirándola con pasión. Tal vez fuese solo esa mirada la que desató el fuego en su interior, o quizá una combinación de placeres físicos y espirituales. Lo único que sintió con certeza fue aquel momento cegador del clímax, cuando cerró los ojos, echó la cabeza hacia atrás y gimió con fuerza.

Segundos más tarde, cuando las sacudidas empezaban a ser más débiles, se derrumbó y quedó tendida y exhausta sobre él.

Estaba quedándose dormida cuando Nate la giró suavemente y la tumbó boca arriba. Entonces volvió a penetrarla. Arrodillado entre sus muslos, le levantó las rodillas y las colocó a ambos lados de la cabeza mientras seguía penetrándola, estimulando un punto que desató un fuego azul brillante que la envolvió de nuevo.

Roxy apenas podía pensar. Y aun así una palabra se repetía en su cabeza. No era «ardiente», ni «orgásmico».

Aquello era... mágico.

Con Roxy tumbada bajo su cuerpo, Nate hundió la cara en su melena, pensando en alguna manera de poder pasar toda la mañana en la cama, pero entonces se oyó un sonido a través de la ventana abierta.

Risas.

Abrió los ojos, se incorporó sobre los codos y escuchó con atención. Al mismo tiempo Roxy se tensó y giró la cabeza hacia el sonido.

–¿Oigo bien? –preguntó.

Volvió a oírse la risa y Nate sonrió.

–Greg y Marla, riéndose.

–Hablando –entusiasmado, se destapó y se incorporó–. Han vuelto.

–Quizá.

Nate miró a Roxy con el ceño fruncido mientras ella se tapaba con la sábana y se incorporaba también.

–La gente que está enfadada no se ríe así.

–Un alto el fuego no significa que vuelvan a estar prometidos.

–Pesimista.

–Oh, lo olvidaba. Tú pensarás que el verdadero amor lo puede todo.

–Nadie puede negar que el amor es una fuerza poderosa –dijo él poniéndose en pie.

–Tú eres el experto.

–Bueno, puede que sí que lo sea.

Una toalla de baño, que había estado al pie de la cama, había caído al suelo. Nate se agachó para recogerla y se la ató a la cintura antes de acercarse a la ventana a mirar. Marla y Greg caminaban hacia un cobertizo abandonado a pocos metros de la casa.

Envuelta en la sábana, Roxy apareció a su lado, observó la escena durante unos segundos y finalmente gruñó.

–Lo que pensaba.

–¿Qué es lo que piensas? –preguntó él.

–Marla aún no le ha perdonado. No del todo.

–¿Cómo puedes saberlo?

–Porque no van de la mano. Eran la clase de gente que se tocaba todo el tiempo. Si estaban sentados en casa, él tenía el brazo por encima de sus hombros. Ella deslizaba la pierna por la suya bajo la mesa cuando salían a cenar. Siempre se daban la mano cuando caminaban.

–Aun así, han hecho mucho progreso. Por la tarde ya estarán pensando en cómo decirles a todos que la boda sigue en pie.

–Quizá –Roxy bajó la mirada y se subió la sábana hasta la barbilla–. Creo que no entiendes lo dolorosa que puede ser una foto. Se te queda en el cerebro aunque no quieras.

–No estamos hablando de las fotos de la despedida de soltero de Greg, ¿verdad?

Roxy pareció contener la respiración antes de mirarlo de nuevo.

–La semana después de la fiesta de compromiso, encontré una foto tuya en una revista. Estabas con una mujer. Una morena. Algunos podrían considerarla atractiva. A mí me parecía una fulana.

Nate retrocedió en el tiempo y, en pocos segundos, tuvo la respuesta.

–No era ninguna fulana. Roxy, esa era mi hermana.

–No –dijo Roxy negando con la cabeza–. No puede ser. Estabas con ella.

–Te aseguro que no estaba con ella en ese sentido. El marido de Naomi estaba de viaje. Yo la acompañé a la inauguración de una galería de arte que no quería perderse. Si hace que te sientas mejor, no he salido con ninguna mujer desde la fiesta de compromiso.

–¿No?

–Otra de mis hermanas, Ivy, piensa que soy un hombre de negocios aburrido sin vida social.

–¿De verdad? –preguntó ella con una sonrisa.

Él se rio, le rodeó la cintura con los brazos y susurró:

–¿Qué te parece si hacemos algo para ahorrar agua y nos duchamos juntos?

Por si acaso pensaba negarse, le dio un beso en la boca para convencerla.

–Pero recuerda –dijo ella–, hacer el amor durante treinta minutos bajo la ducha no es ahorrar agua.

Nate le dio la mano y la condujo hacia el cuarto de baño.

A pesar de querer quedarse con ella bajo el chorro, Nate solo tuvo a Roxy en la ducha diez minutos; el tiempo suficiente de enjabonarla y aclararla. Al cerrar el grifo confirmó en su cabeza que aquellos días alejados de la ciudad eran la mejor idea que había tenido nunca. Había perdido la cuenta de las veces que Roxy y él habían hecho el amor, y aun así nunca tenía suficiente.

Aunque podía hacerse cargo. Aquello era puramente físico. Divertido. Estaba lejos de arrodillarse y pedirle matrimonio. Sobre todo ahora que Marla y Greg iban por el buen camino.

Mientras desayunaban con sus anfitriones, el señor Glenrowan sugirió que fueran a montar a caballo. Así que, tras ponerse la ropa adecuada, Nate y Roxy salieron de la casa y vieron que el señor Glenrowan ya tenía cuatro caballos ensillados. Greg y Marla estaban allí también, charlando mientras esperaban.

–¿Venís con nosotros a montar? –preguntó Greg, que fue el primero en verlos.

–Ah, hola –dijo Marla con una sonrisa–. Hace un gran día.

–Un día precioso –respondió Roxy.

El señor Glenrowan estaba comprobando la cincha de uno de los caballos.

–¿Quién quiere este? Es bueno y dócil.

Greg se subió a un semental de pelo negro y le acarició el cuello.

–Yo me quedaré con este.

Cuando estuvieron los cuatro montados, Marla dijo:

–Greg y yo pensábamos ir por nuestra cuenta, si os parece bien.

–Claro que sí –dijo Roxy.

–Encontraréis cantimploras en vuestras alforjas –les explicó el señor Glenrowan–. También brújulas. Es un lugar grande. No os alejéis demasiado. Y que cada pareja se mantenga unida.

Quince minutos más tarde, tras recorrer una llanura polvorienta, Roxy y Nate comenzaron a subir con los caballos por una ligera pendiente.

–¿Dónde aprendiste a montar así? –preguntó él.

–En el club de hípica.

–Algún día tendrás que enseñarme tu colección de lazos azules.

–No era tan buena. Solo di clases durante un par de veranos.

–Lo único que te falta son unos pantalones de montar y una gorra de adiestramiento.

–No te olvides de la fusta.

–¿Usarías un látigo para lograr que un caballo se moviese?

–No estaba pensando en el caballo –respondió ella.

Cuando llegaron a lo alto de la colina, se quedaron

los dos sentados sobre sus caballos, contemplando la maravillosa vista que tenían delante.

Bajaron por el otro lado y se detuvieron a la sombra de un grupo de árboles. Desmontaron y Nate se aseguró de que los caballos estuvieran bien atados mientras Roxy deambulaba a su alrededor, acariciando todo tipo de flores que encontraba a su paso.

–Creí que en el interior de Australia solo había llanuras de polvo rojo –comentó–. Esto me da ganas de probar algo distinto. Ser fotógrafa, o quizá pintora –añadió mientras se sentaba en la hierba.

Nate se sentó a su lado, arrancó el tallo de una flor rosa y deslizó los pétalos por su brazo.

–O florista –murmuró.

–Me encantan los ramos bonitos.

–¿Y las flores en el pelo?

Le puso la flor detrás de la oreja.

–Mi abuela solía secar flores para mantener los recuerdos –dijo ella mirándolo a los ojos.

–Qué bonito. Aunque yo nunca he sido de secar flores.

–Yo tampoco. Me parecía absurdo intentar mantener vivos los recuerdos contemplando algo seco y sin color. Pero, tumbada aquí, comprendo por qué lo hacía. Es la conexión... una asociación. Ahora mismo no me parece absurdo en absoluto.

Roxy estiró una mano. Nate contuvo la respiración, hizo una foto mental de ella tumbada entre las flores, con esa flor en el pelo, y sin dudar se tumbó a su lado y entrelazó los dedos con los suyos.

Capítulo 9

EN EL camino de vuelta, Roxy y Nate se detuvieron a inspeccionar un viejo molino de viento y la choza abandonada de un pastor. Incluso divisaron algún canguro rojo. Roxy les había dado de comer en algunas reservas naturales, pero verlos en libertad era algo que recordaría siempre.

Cuando llegaron a la casa, ataron los caballos a la entrada y bebieron agua de las cantimploras. En ese momento aparecieron Greg y Marla.

Cuando Marla los vio, una sonrisa iluminó su rostro. Se inclinó hacia Greg, le susurró algo al oído y ambos caminaron hacia ellos con los brazos entrelazados en la espalda.

—Misión cumplida —susurró Nate.

Roxy sintió una presión en el pecho y los ojos se le llenaron de lágrimas de felicidad. Parecía que Nate tenía razón. Sus amigos estaban destinados a estar juntos a pesar de todo. Apenas podía creer que el plan hubiese funcionado y que fuesen a tener todos un final feliz.

Pero entonces miró a Nate y el corazón le dio un vuelco. El tiempo que había pasado allí con él había hecho que se sintiera diferente. Más viva. Había accedido a participar en el plan con reticencias, pero sin vendas en los ojos. Había sabido que, aunque resultase muy agradable estar con Nate, sucumbir a su encanto significaría tener que pagar el precio algún día. Él ha-

bía dejado claro que no buscaba una relación más allá
de lo físico y lo divertido. El problema era que estar
con Nate resultaba muy divertido, y no solo por el
sexo.

Cabalgando con él aquel día había sentido que en-
cajaban el uno con el otro. Tal vez no quisiera pensar
así, pero así era. Le hubiera gustado creer que no se
disgustaría si no volvía a llamarla. Pero en el fondo
sabía que le dolería, y mucho.

Nate le dio la mano y juntos subieron los escalones
hacia sus amigos.

–Los habéis agotado –dijo Greg señalando a los caballos, que estaban bebiendo agua en el abrevadero.

–¿Cómo ha ido vuestro paseo? –preguntó Nate.

–Fabuloso –contestó Marla–. Pero hemos vuelto
hace un rato.

–¿Y qué habéis estado haciendo? –preguntó Nate.

–Hablar –contestó Greg, y se quedó mirando a
Marla–. Hacer planes.

–O, más correctamente, rehacer planes –aclaró Marla.

Incapaz de aguantarse más, Roxy se acercó y abrazó
a su amiga.

–Me alegra que lo hayáis solucionado –dijo–. Me
sentía muy mal por haberte traído aquí. Pero ha merecido la pena.

–Odio decirlo, pero te lo dije –dijo Nate con una
sonrisa de oreja a oreja, y le ofreció la mano a Greg–.
Enhorabuena de nuevo.

Greg se quedó mirando la mano con el ceño fruncido.

–No es lo que pensáis –dijo Marla.

–Habéis hecho las paces, ¿no? –preguntó Nate.

–¿No vais a intercambiar los votos? –quiso saber
Roxy.

–Hemos vuelto a estar juntos –explicó Greg pasándose una mano por el pelo–, pero hemos decidido posponer la boda y tomarnos las cosas con más calma.

–Hemos tenido tiempo para pensar –añadió Marla.

–Y hemos hablado mucho. El caso es que Marla sigue queriendo pasar un tiempo con su hermano en Los Ángeles.

–Y Greg necesita tiempo para encargarse del negocio familiar.

Ante ese comentario de Marla, Nate miró a Greg.

–¿Encargarte? ¿Desde cuándo?

–Hablé con mi padre anteayer –dijo Greg–. Se daba cuenta de lo aletargado que había estado. Me dijo que necesitaba centrarme y que él había planeado pasarme el mando el año que viene de todas formas.

–Maldito sea –murmuró Nate.

–A mí me parece bien –dijo Greg–. Siento no habértelo dicho desde el principio.

Nate se quedó mirando al suelo unos segundos y después sonrió con sinceridad.

–Como ya te he dicho, enhorabuena –repitió ofreciéndole la mano de nuevo.

–Hemos pensado en intentar mantener la relación a distancia –explicó Marla mientras los hombres se daban la mano y se abrazaban–. Si sobrevivimos a eso, sobreviviremos a cualquier cosa.

–¿Entonces no hay boda? –preguntó Roxy, solo para estar segura.

–Pero queremos quedarnos con vosotros aquí –le dijo su amiga–. Divertirnos. Construir recuerdos.

Al pensar en la flor que Nate le había puesto en el pelo, y que ella se había guardado después en el bolsillo de la camisa, cerca del corazón, Roxy sonrió.

–Eso sería fantástico –dijo.

Cuando todos se hubieron abrazado de nuevo, volvió a pensar en ese vestido, en el concurso y en que ya no había esperanza. Pero entonces recordó otra cosa que le produjo un escalofrío.

Miró a Nate y vio que él la miraba y fruncía el ceño. Sin necesidad de preguntárselo supo que estaban recordando la misma conversación. La oferta de Nate si todo lo demás fallaba.

Ella se pondría el vestido y se convertiría en la esposa de Nate Sparks.

A través de la ventana de su dormitorio se veían nubes grises provenientes del este. Se preparaba una tormenta vespertina, pero nada en comparación con la que había estallado dentro de la habitación.

—No seas ridículo —dijo Roxy. Se quitó las botas de montar y entró al cuarto de baño—. Claro que no me casaré contigo —cerró la puerta.

Nate se dio la vuelta y se quedó apoyado en el marco de la ventana con los brazos cruzados.

—Teníamos un trato —dijo en voz alta para que ella pudiera oírlo.

—Pero no estaba escrito con sangre.

—Si ese vestido no va al altar antes de final de mes, no podrás ganar el concurso.

—No lo habría ganado de todas formas —respondió ella al salir del baño—. Es el destino.

—Dijiste lo mismo de Greg y Marla. Puede que no vayan a casarse, pero vuelven a ser pareja.

—A distancia —aclaró ella, sentada en la cama mientras se quitaba los calcetines.

—Se llamarán y se visitarán, y acabarán por casarse con el tiempo.

–¿Por la manera que tienen de mirarse? ¿Por ese ingrediente especial?

–Eso es.

–Pero tú y yo no compartimos esa... cosa, ¿verdad? Porque, si lo hiciéramos, nunca sugerirías que nos casáramos.

–Roxy, alguien tiene que llevar ese vestido en una boda.

Ella negó con la cabeza.

–No me parecería bien.

–Olvídate de lo que te parecería.

–No puedo.

Nate se pasó una mano por la cara. Si él podía ver aquella proposición de manera pragmática, sin duda ella también podría.

–El trato era que nos casáramos y luego pidiéramos una anulación. De hecho, ¿y si no firmamos ningún papel? Entonces no será legal. ¿Dice algo sobre eso en las bases del concurso?

–No estoy segura. Creo que no.

–Entonces problema resuelto.

–Sin duda eres un hombre que lo arregla todo –dijo ella, pero no parecía convencida.

–Lo único que sé es que no me rindo con facilidad.

Había visto lo que podía ocurrir si un hombre se precipitaba y se casaba demasiado pronto. Pero él no era su padre.

–¿Entonces estás dentro o fuera?

–Fuera. Y antes de que intentes condenarme, escúchame. Las cosas van mal en todas partes. Para ser sincera, estaba casi dispuesta a cerrar mi tienda, porque tenía muchas facturas sin pagar. Pero con el depósito de Ava casi estoy recuperada. Y conseguí hablar con Cindy brevemente antes de salir a montar. No quería contártelo y gafarlo, pero dijo que tenía a otras dos mujeres a punto de dar la señal.

–Eso es fantástico.

–Competir era emocionante, pero era difícil. Iba persiguiendo un imposible. Lo sabes tan bien como yo.

–Francamente, creo que tienes posibilidades.

–Gracias, pero no sabes nada sobre la industria.

–Sé lo bien que te quedaba ese vestido.

–Supongo que nunca lo sabremos.

–Estás siendo testaruda.

–Y tú sientes que tienes que devolverme algo por haber venido aquí y hacer esto por nuestros amigos. Pero no es necesario.

–Vas a venir conmigo a la fiesta de aniversario de mis padres, ¿verdad?

Nate sabía que aquello no duraría. No buscaban nada serio. Pero pensaba que ya habían acordado eso. Roxy iba a ir a la fiesta.

Pero antes de que pudiera contestar vibró su teléfono. Sorprendida, Roxy miró la pantalla y una sonrisa iluminó su rostro.

–Es Cindy. Probablemente para decirme que ya tiene los otros dos depósitos.

Roxy descolgó y Nate escuchó la conversación. Cuando se puso pálida, él la agarró por los hombros.

No parecían buenas noticias.

Capítulo 10

Q UÉ PASA? ¿Qué ha ocurrido?
    Roxy oyó la pregunta de Nate. Intentó concen-
    trarse. Pero no podía.

Estaba en estado de shock. Eso era lo que pasaba.
El mundo a su alrededor estaba desmoronándose. Los
sonidos parecían amortiguados, lejanos, sin importancia. Sentía el sudor en la frente y la cabeza le daba
vueltas. Aquello no podía ser cierto. No cuando las
cosas comenzaban a arreglarse para todos.

—No puedo creerlo —dijo con la garganta seca.

—¿Creer qué?

Nate siguió agarrándola con fuerza hasta que la
presión de sus dedos hizo que saliera de su ensimismamiento.

—Todo ha salido mal.

—Por el amor de Dios, Roxy, cuéntamelo. Yo inten-
taré solucionarlo.

—He sido demasiado displicente. No debería haberme
marchado.

—De acuerdo —dijo él—. Cuéntamelo todo desde el
principio.

Roxy se quedó mirándolo a los ojos y sintió un
vuelco en el estómago. Tenía ganas de vomitar.

—Tengo que volver a Sídney.

—¿Cómo?

—Anoche robaron en la tienda. Se han llevado casi

todos los accesorios y han estropeado algunos vestidos –oírse a sí misma decirlo en voz alta hizo que pa-
reciera más real. Más terrorífico. Empezaba a ser consciente de las repercusiones.

–¿No tienes seguridad? –preguntó él.

–La cancelé cuando empezaron a acumularse las
facturas.

–Debes de tener un seguro.

–Sí, pero las empresas buenas cobran en la actualidad... algunas piden más de lo que yo gano.

–Es un golpe, pero lo superarás. Tienes que man-
tenerte fuerte. Centrada.

Sí. Debería. Solo había un problema. Que estaba
entumecida y no podía sentirse de otra manera.

Nate empezó a dar vueltas por la habitación.

–Pero seguirás teniendo clientes. ¿Qué pasa con
Violet y Ava?

–No quieren el vestido.

–Pero si a las dos les encantaba.

–Violet encontró otro que le gustaba más. Cindy
me ha dicho que dejó la mitad del depósito para com-
pensar por las molestias. Cuando Cindy intentó protestar, Violet mencionó que su padre es fiscal. No
puedo llevar a los tribunales a la hija de un abogado
por un depósito, y menos ahora.

–Medio depósito es mejor que nada –razonó él–. Y
tienes esos otros dos vestidos prácticamente vendidos,
¿no?

Roxy tragó saliva para controlar las náuseas y negó
con la cabeza.

–Sí. Y no. Cindy cobró los depósitos. Por desgracia
esos vestidos han quedado destrozados tras el robo.

–Roxy, si necesitas dinero, puedo ayudarte. No tienes que devolvérmelo. ¿Cuánto necesitas?

–No quiero tu dinero.

–Puedo permitírmelo. He invertido bien durante los años...

–No quiero tu caridad, y menos después de...

Se detuvo, miró al suelo y, segundos más tarde, él se rio irónicamente.

–No te ofrezco dinero porque nos hayamos acostado, si es lo que piensas.

–¿Me lo ofrecerías si no lo hubiéramos hecho?

Nate frunció el ceño.

–Esa pregunta no es justa.

¿Quién había dicho nada sobre justicia?

–Aprecio el gesto –dijo ella mientras sacaba la maleta del armario–, pero solo quiero irme a casa. Si puedes organizar algo para volver, te lo agradecería.

Capítulo 11

A LA MAÑANA siguiente, Roxy entró en su tienda sintiéndose como si hubiera estado fuera una eternidad. El local estaba hecho un desastre. Había algunas perchas con vestidos intactos, como los había dejado. Uno de los extremos del mostrador de cristal seguía igual, con los accesorios debajo. Junto a la puerta, sin embargo, el cristal estaba roto y se habían llevado las joyas y los accesorios.

La puerta de la trastienda se abrió y Cindy asomó la cabeza.

–Cuando la policía se marchó, limpié lo mejor que pude –dijo su prima, y Roxy se dio cuenta de que había estado llorando–. Lo siento mucho. Me dejaste al mando y te he decepcionado.

–Esto no es culpa tuya. No es culpa de nadie –murmuró Roxy–, salvo de los imbéciles que entraron a robar.

–No creí que tuvieras ganas de abrir hoy –dijo Cindy–, así que he mantenido el cartel de «cerrado» en la puerta.

Roxy asintió, pero no le dijo que probablemente no volvería a abrir jamás.

–Vete a casa y descansa –le dijo Roxy–. Yo tengo que hacer algunas llamadas.

–Puedo ayudarte. Encargarme del tinte, o de los pedidos de las nuevas joyas.

–Gracias –contestó Roxy–, pero no tengo dinero para eso.

–Oh –Cindy agachó los hombros–. ¿Entonces qué vas a hacer?

–Llegados a este punto, no lo sé –admitió con un suspiro.

Cuando Cindy recogió su bolso y, tras darle un abrazo, se marchó, Roxy se quedó tras el mostrador durante un rato con la esperanza de que la terapia de choque le hiciese insensible al dolor. No funcionó.

Entró en la trastienda y vio el vestido de Marla colgado en su funda de plástico. Roxy sintió un vuelco en el corazón y sonrió. Al menos aún tenía el vestido. Aunque sinceramente no sabía qué hacer con él.

¿Regalarlo? ¿Quedárselo para la posteridad?

Se acercó y deslizó los dedos por el plástico recordando lo bien que se había ajustado el satén a su piel aquel día. Nunca lo admitiría en voz alta, pero creía que le quedaba mejor que a Marla. A Nate también le gustaba. Parecía estar seguro de que obtendría un buen puesto en el concurso.

Descolgó el vestido de la percha y lo sacó de la funda. Las cuentas bordadas en la tela parecían sonreírle, como diciéndole que todo saldría bien. Por mucho que quisiera creérselo, Roxy no podía imaginarse que eso sucediera.

Pero no pensaba quedarse sentada sin hacer nada.

Preparó café, sacó la aspiradora y la fregona. Necesitaba inspiración, así que le puso el vestido a un maniquí y comenzó a trabajar.

Una hora más tarde estaba escurriendo la fregona cuando sonó la campana de la puerta. Roxy levantó la mirada, convencida de que la tienda estaba cerrada.

Dejó la fregona y se acercó al ver entrar a una mujer de veintipocos años, con el pelo rojo y varios tatuajes en un brazo.

–Lo siento, pero no estamos abiertos –dijo Roxy.

–Ya me he enterado –dijo la joven. Se acercó a una percha y comenzó a mirar faldas–. Te han robado.

–Así es –contestó Roxy–. ¿Cómo lo sabes?

La mujer le dirigió una sonrisa.

–Había coches de policía ayer. Andaban haciendo preguntas. Pensé que pondrías rebajas para librarte de toda la mercancía dañada.

–La verdad es que no había pensado en eso. Ahora mismo estoy ocupada limpiando y... –la mujer se acercó al vestido del concurso–. Ese es solo de muestra.

–Vaya, es precioso. A Teddy se le saldrían los ojos de las cuencas si me lo pusiera.

–¿Teddy es tu novio?

–Mi prometido. Se me declaró hace unas semanas. Sus padres viven aquí. Los míos vendrán desde Dalby.

–Estoy segura de que será un gran día.

–He dejado de buscar vestido. Son todos muy caros.

Roxy se acercó más a su vestido.

–Hacer un vestido de novia lleva mucho trabajo. Mucho trabajo y afecto.

–Mi hermana me dijo que podía ponerme el suyo. Ya sabes, algo prestado –se quedó mirando el vestido de nuevo–. ¿Entonces no tienes rebajas?

–Ahora mismo no.

–¿Y alquilas vestidos?

–Puedo recomendarte sitios que sí los alquilan.

–Tengo solo una semana y pico para organizar algo si no quiero ponerme el de mi hermana.

–Estoy segura de que encontrarás algo marav... –de pronto una bombilla se encendió en su cabeza–. ¿Qué día es tu boda?

–No sabíamos si reservar el sábado o el domingo. Teddy prefiere el domingo. Su familia es muy religiosa.

Domingo. El día uno del mes siguiente.

Roxy tomó aire e intentó ignorar la idea descabellada de participar en el concurso después de todo.

–Las bodas en domingo son preciosas –se obligó a decir.

–Pero yo insistí en el sábado. Así al día siguiente la gente no tiene resaca en el trabajo. Así que será el treinta y uno. Final de mes.

Capítulo 12

NATE se quedó muy sorprendido cuando Roxy le llamó para preguntarle por los detalles de la fiesta de aniversario de sus padres. Él le dijo que pasaría a buscarla a las siete. Llegó a su casa cinco minutos antes. Cuando le abrió la puerta, despampanante como siempre, decir que se quedó boquiabierto habría sido poco.

–Me alegra que hayas decidido venir esta noche –le dijo él cuando estuvieron metidos en el coche.

–Estaba deseándolo –contestó ella–. Y también estaba deseando volver a verte.

–¿Has sabido algo de Marla?

–Todavía no. ¿Y tú de Greg? –Nate negó con la cabeza mientras tomaba la carretera en dirección al este–. Estoy segura de que Marla se pondrá en contacto conmigo antes de marcharse a California.

Habían hecho todo lo posible por sus amigos. Pero lo que le interesaba a Nate era saber qué tal estaba Roxy. La última vez que la había visto, en el aeropuerto, tenía los ojos vidriosos. Sin embargo ahora parecía no tener ninguna preocupación.

–¿Y tú qué tal estás? –preguntó–. ¿Cómo está la tienda?

–Me quedé destrozada al entrar. Cindy había limpiado lo mejor que había podido. He hablado con la policía, pero no tienen pistas y, sin cámaras de vigilancia, no tienen muchas esperanzas de encontrar a alguien.

—Es una suerte que Cindy no estuviera en la tienda en ese momento. O tú, si no nos hubiéramos ido.

—Eso mismo pensé yo.

—¿Y tu vestido estaba bien?

—Seguía allí.

—¿No lo destrozaron?

—Estaba colgado en la trastienda.

—Debió de ser un alivio.

—Después de enviar a Cindy a casa, decidí limpiar un poco. Saqué el vestido y se lo puse a mi maniquí favorito.

—¿Tienes una maniquí favorito?

—Tú tendrías un coche favorito, o un destornillador, o lo que sea. Yo tengo un maniquí.

—Le pusiste el vestido al maniquí y... —dijo él mientras se acercaba con el coche a la casa de sus padres.

—Y entró una chica que se había enterado del robo.

—¿Sabía quién estaba detrás?

—No. Vio a la policía el día anterior y preguntó. Pensaba que tal vez tendría rebajas para cambiar la mercancía dañada.

Nate pulsó un botón y se abrió la verja de la casa de sus padres. El hombre uniformado situado al principio del camino les saludó con la gorra. Habían instalado una carpa gigante a un lado de la casa, y allí estaban los invitados bailando, bebiendo y hablando.

—Entonces esta mujer buscaba algo barato.

—Supongo que no iba sobrada de dinero —continuó Roxy—. Le habría encantado ponerse cualquiera de los vestidos.

Nate detuvo el coche en el patio delantero y el aparcacoches se acercó inmediatamente. Cuando Roxy salió del vehículo lanzó un silbido.

–Vaya, el pariente de tu madre debía de estar forrado. Bonita mansión. Es estilo georgiano, ¿verdad?

–Un poco excesivo para mi gusto –dijo él–. ¿Entonces esa mujer encontró un vestido? –preguntó mientras avanzaban de la mano por un sendero iluminado a ambos lados con lucecillas.

–No encontró un vestido. Encontró el vestido.

–Ah. Tu vestido.

–Se enamoró de él. Y adivina cuándo se casa.

–¿Antes de final de mes?

–El treinta y uno. Pensé que era una señal.

–¿Que deberías darle a esa mujer tu vestido y volver a entrar en el concurso?

–Con algunos pequeños arreglos le quedará perfecto.

La carpa estaba a pocos metros. La gente reunida fuera estaba mirando a los recién llegados. Se correría la voz y en cuestión de minutos aparecerían sus padres.

–¿Pagó en efectivo? ¿Dejó un depósito?

–Le dije que no podía quedárselo.

–¿Que le dijiste qué?

–Le dije que no.

–Roxy, sé que le tienes mucho cariño a ese vestido, ¿pero no puedes dejar eso a un lado e intentar hacer algo grande?

Roxy le puso una mano en la manga de la chaqueta.

–¿Podemos hablar de esto luego? –preguntó.

Nate quería decirle que no, pero Roxy había sufrido un golpe, ¿y quién era él para decir lo que debía o no hacer? Solo era el tipo que no podía dejar de pensar en ella. El que la había besado, el que le había hecho el amor y deseaba hacerlo de nuevo. Cuando Roxy le había llamado por teléfono, había tenido que controlar la necesidad de ir a verla directamente, pero ella se había mostrado muy distante desde el robo. Aunque quería apoyarla, lo más importante era no agobiarla. Si hubiera querido verlo antes, se lo habría dicho.

–Cuéntame más sobre estas fiestas de aniversario –añadió ella.

–Como sabes, el aniversario de boda de mis padres siempre ha sido algo grande –le explicó Nate mientras se acercaban a la carpa–. Incluso cuando vivíamos en la pobreza, en los aniversarios mis padres siempre encontraban dinero para una tarta y regalos para nosotros.

–¿Para los niños?

–Para los cinco.

–Qué idea tan bonita.

Nate divisó a una pareja de mediana edad acercándose y se preparó.

–Aquí viene la feliz pareja.

–¡Nate!

Su madre parecía una diva con aquel traje pantalón de satén negro. Le sujetó la cara con las manos y le dio un beso en los labios. Su padre, como de costumbre, iba un paso por detrás, vestido como un caballero con un esmoquin negro y pajarita dorada, sin duda idea de su madre.

–Deberías presentarnos a esta hermosa mujer, Nate, querido –añadió su madre.

–Roxanne Trammel, estos son mi madre, Judith, y mi padre, Lewis.

Su madre le dio a Roxy uno de sus famosos abrazos de pitón.

Su padre le dedicó una sonrisa cortés.

–Me alegro de verte aquí, Roxanne. Es fantástico que por fin Nate te haya traído.

Roxy estaba aún recuperándose del abrazo.

–Me alegro de conoceros.

–Según creo, diseñas vestidos de novia –dijo su padre.

–¿Y diseñas otro tipo de vestidos? –preguntó su madre–. El que llevas ahora es exquisito. ¿Lo has hecho tú?

–Gracias –respondió Roxy–. Sí, así es.

–Tus vestidos deberían desfilar en pasarelas –dijo su madre.

–Por desgracia, no es tan fácil –contestó Roxy.

–Bueno, la semana que viene iré a tu tienda, si tienes algo que le pegue a una mujer de mi edad, claro.

–Una persona de tu edad –repitió su marido riéndose–. Eres una belleza clásica. Algunas mujeres veinte años más jóvenes no pueden compararse a ti.

–Y la gente se pregunta por qué me casé con él –respondió su madre acariciándole la mejilla a su marido.

Nate observó que Roxy no aprobaba la sugerencia de su madre de pasarse por la tienda. Aunque tampoco se negó, así que no tenía ni idea de lo que pensaba hacer con la tienda.

–Tomad champán y quedaos el tiempo que queráis –añadió su madre antes de que otra pareja captara su atención–. Oh, ahí están los Davidson.

–Pasadlo bien, hijos –dijo su padre mientras se alejaba detrás de su esposa.

–¿Qué te parece? –le preguntó Nate a Roxy cuando se quedaron solos.

–Me parece que eres muy afortunado. Y ellos son afortunados de tenerse.

Nate consiguió dos copas de champán y le entregó una a ella.

—Por la mujer más guapa de la noche —dijo a modo de brindis—. Secundo las palabras de mi madre. Ese vestido es impresionante. Tú eres impresionante.

Roxy puso una expresión rara. Una mezcla de sorpresa, aprecio y... algo más. Algo que le dio ganas de estar preparado para tener algo serio.

Desvió la atención hacia la pista de baile y tomó una decisión impulsiva.

—Vamos a bailar.

Roxy dio un trago al champán y bajó la copa.

—¿Ya? —miró hacia la pista, donde tres parejas estaban bailando un tema de los años setenta—. Vamos a esperar un poco hasta que haya más gente.

Nate le quitó la copa, la dejó junto con la suya en la bandeja de un camarero que pasaba y le agarró la mano.

—Quiero bailar contigo, Roxy. ¿No sientes curiosidad por ver cómo nos movemos juntos fuera del agua?

—Vas a hacer que me sonroje.

—Eso espero.

Sin darle opción a protestar de nuevo, la condujo hacia la pista, que estaba situada bajo las estrellas. Cuando llegaron allí la canción terminó, las parejas se dispersaron y comenzó un tema más lento e íntimo.

Roxy miró a su alrededor y se mordió el labio inferior.

—¿No podemos hacer esto luego?

—¿Luego cuando hablemos de ese vestido?

Roxy tenía las palabras en la punta de la lengua, pero no estaba preparada todavía para sacar el tema.

Así que le permitió ponerle una mano en la espalda y estrecharle la otra. Cuando empezaron a bailar, las luces se apagaron y comenzó un espectáculo láser que era como confeti cayendo lentamente sobre la pista.

–Qué agradable es esto –murmuró ella.

–Muy agradable –contestó él con una sonrisa–. Deberíamos hacer esto más a menudo.

Con la mejilla apoyada en la solapa de su chaqueta, Roxy se encontraba en otro mundo cuando la canción terminó y la gente empezó a aplaudir. Al recordar dónde estaba, abrió los ojos y miró a su alrededor. Un mar de caras sonrientes los miraba y susurraba. Y por un instante tuvo la sensación de que aquello no era más que un ensayo para algo más grande.

–¿Ocurre algo? –le preguntó Nate.

–Toda la gente mirándonos... –respondió ella–. Por un momento había olvidado dónde estábamos.

–Al menos todos han podido ver tu vestido –le dijo él mientras le apartaba el pelo de la cara–. Seguro que te harán preguntas.

Estaba siendo sincero, pero también estaba buscando respuestas. Deseaba saber si pensaba seguir con la tienda. Pero eso dependía de lo que ocurriese esa noche.

Cinco minutos más tarde una mujer se acercó a ellos. Llevaba un vestido ajustado de cuello alto cubierto de lentejuelas rojas.

–Janelle, esta es Roxy Trammel –dijo Nate–. Roxy, una de mis hermanas pequeñas.

–Roxy, me encanta ese vestido. Todo el mundo está hablando de él –dijo Janelle–. Y de vosotros dos también, claro.

Pero Nate no parecía estar escuchando. Estaba mirando la pantalla de su móvil.

–¿Te importa si contesto? –le preguntó a Roxy.

Por su expresión vio que era importante.

–En absoluto. Contesta.

Janelle se quedó hablando con ella cuando Nate se alejó en busca de un rincón tranquilo.

–Una amiga mía cree que su novio le pedirá matrimonio cualquier día de estos. ¿Te importa que le dé tu nombre?

–En circunstancias normales, me encantaría. Por desgracia robaron en mi tienda hace poco.

Janelle se quedó con la boca abierta.

–¿Y han causado mucho destrozo?

–Bastante.

–¿Cuándo crees que estarás en marcha otra vez?

–No lo sé con seguridad. Pronto sabré algo.

–Si hay algo que pueda hacer para ayudar... Pero claro, Nate ya se habrá ofrecido.

Las otras hermanas de Nate también se acercaron. Una de ellas era una guapa morena llamada Naomi. Estuvieron hablando un rato mientras de fondo sonaban diversas canciones. Todas se mostraron cariñosas con ella y le dijeron que debía asistir a otra reunión familiar menos formal. Roxy quería decir que estaba deseándolo, pero no podía ser atrevida.

Cuando vio a Nate regresar, se dio cuenta del tiempo que había pasado. El aroma del bufé en la carpa llegó hasta su nariz. Parecía que la cena estaba servida.

Una de las hermanas, Ivy, anunció que deberían ir a buscar a sus parejas para cenar algo. Todas las hermanas le dieron abrazos y besos a Nate cuando se acercó. Pero, al ver su expresión, Roxy sintió un escalofrío.

En vez de iniciar una conversación y preguntarle qué opinaba de sus hermanas, Nate agarró dos copas de una bandeja y le entregó una.

–Supongo que la llamada de teléfono no eran buenas noticias.

–Es sábado por la mañana en Texas y el señor Nichols se ha echado atrás.

–¿Cómo?

–Sus asesores han revisado mi propuesta y no están convencidos de que la inversión sea viable.

Roxy no sabía qué decir. Nate había tenido que soportar que Greg se saliese del proyecto, ¿pero ahora eso?

–¿Estás bien? –le preguntó–. Podemos marcharnos, si quieres.

–Estoy bien. Puedo buscar otro inversor. Es cuestión de seguir hacia delante.

–Ojalá pudiera ayudar.

–Igual que yo quiero ayudarte a ti con tu situación –le dijo él con una sonrisa–. Antes has dicho que hablaríamos después del vestido. Supongo que ha llegado el momento.

–No sé si es el momento adecuado.

–Créeme, lo es.

Roxy se quedó mirándolo a los ojos e intentó no pensar en el nudo que sentía en el estómago.

–No hay manera sencilla de decir esto, así que voy a decirlo sin más –le agarró la mano–. ¿Nate, quieres casarte conmigo?

Nate oyó la pregunta. Dejó pasar unos segundos para asimilar las palabras. Por un momento pensó que Roxy hablaba en serio y el corazón le dio un vuelco.

Entonces recordó el vestido. El concurso que tanto significaba para ella.

–Esto es muy precipitado –dijo.

–La mujer que entró en la tienda buscando una ganga, la que se casaba el treinta y uno... Estuve a punto de quitar el vestido del maniquí, envolverlo y a cambio solo de una invitación. Tras el robo, sin saber si podría seguir con la tienda una semana más, sentía que no tenía otra opción. Al menos así tenía alguna oportunidad.

–Una buena oportunidad –le recordó él antes de agarrarla del brazo y llevarla a un lugar apartado de la carpa. Subieron los escalones de un cenador y se sentaron–. Pensabas que tenías que correr el riesgo. ¿Qué te hizo cambiar de opinión?

–Después de que la mujer se probara el vestido y las dos acordáramos que le quedaba bien, me preguntó si podía hacerle algunos arreglos. Quería que el corte del corpiño fuera más bajo y que la falda pudiera quitarse para convertir el vestido en un atuendo apropiado para la fiesta de después. Yo le dije la verdad. El vestido era finalista en un concurso internacional. Si quería permanecer en la competición, no podía cambiarse tanto. Podía quedárselo gratis siempre y cuando se casara el treinta y uno y el vestido mantuviese su forma original.

Desde el otro lado de la finca se lanzaron unos fuegos artificiales en ese momento que iluminaron el cielo y convirtieron la noche en un carnaval. Hablar por encima del ruido era imposible, así que se quedaron los dos sentados contemplando el espectáculo.

–Se preguntarán dónde estamos –dijo Roxy después.

–No te preocupes por la fiesta. ¿Qué ocurrió después?

–La mujer me explicó que su prometido trabajaba en la construcción y había tenido una gran idea. De

bían decir los votos sentados en la pala de una má-
quina excavadora e ir montados en ella hasta el ban-
quete.

–¿Eso es legal? –preguntó Nate.

–Yo no estaba pensando en eso. Estaba horrorizada
por mi vestido. Me debí de quedar con la boca abierta,
porque la chica se apresuró a explicarme que había in-
sistido en que limpiasen bien la pala, que el vestido
no podía engancharse en los pinchos y que los pitbulls
de su novio podían olvidarse de asistir a la fiesta de
después. Al parecer les gusta la música heavy metal.
Después me preguntó si podía encenderse un cigarrillo en la boda. Por supuesto insistió en que no iba a
fumar mientras llevase el vestido puesto. Al menos
hasta después de la ceremonia.

Cuando Roxy cerró los ojos y se estremeció, Nate
le pasó un brazo por encima.

–No es el tipo de fotos por las que quieres recordar
el vestido –le dijo.

–Me dan igual los hábitos personales de cada uno.
He visto de todo. Pero no podía dejar de imaginarme
mi precioso vestido destrozado. Pensaba que podía,
pero no podía.

–Lo que nos lleva a esto –dijo él.

–Releí las normas del concurso. Incluso hablé con
uno de los organizadores. No hay nada que diga que una
diseñadora no puede llevar su propia creación en una boda siempre y cuando tenga lugar antes del treinta y uno.

Nate esperó a que empezara a sudarle la frente por
la ansiedad. Sin embargo solo sintió alivio. Había sufrido imprevistos en sus dos empresas profesionales.
Aun así no había terminado, y parecía que Roxy tampoco estaba dispuesta a rendirse sin luchar. Era su tipo
de mujer.

–Entonces ya está –dijo–. Nos casaremos.

–¿Qué dirán tus padres?

–¿Bromeas? Estarán encantados.

–¿Incluso aunque sea un chanchullo?

–No me gusta esa palabra.

–No quería decir timo.

–Digamos que es una fusión temporal –concluyó él antes de besarla–. O más bien una unión a corto plazo.

–Si estás seguro.

–Solo tengo una sugerencia. Tenemos que ensayar.

–¿Los votos?

–El beso.

Capítulo 13

TRAS aquel beso explosivo, que duró hasta el postre, Roxy y Nate se despidieron del resto y se fueron a casa de ella, donde Nate fue invitado a pasar la noche. Le quitó el vestido y se quitó él el esmoquin, y eso antes de llegar al dormitorio. Hicieron el amor y, al llegar juntos al clímax, pareció distinto, más sincero; al menos para él.

Cuando empezaba a amanecer, decidió que al menos debería dejarla dormir. Si iban a casarse en una semana, tendrían que organizarlo todo. Probablemente la vería todas las noches.

Así que le dio un último beso y se marchó a su casa.

Durmió algunas horas, se duchó y pensó en llamarla. Tal vez quisiera tomar el brunch en algún lugar agradable junto al mar para organizar el gran acontecimiento.

Treinta minutos más tarde, estaba asomado a la terraza tomando un café, pensando todavía en Roxy, cuando llamaron al telefonillo.

Le sorprendió oír la voz de Greg al contestar.

—¿Puedo subir?

—¿Marla y tú habéis tenido otra pelea?

—Es por negocios.

Cuando le abrió la puerta del apartamento, Greg tenía mal aspecto.

—Estás fatal –le dijo.

–He recibido un correo electrónico, Nate. De la oficina de patentes. Estaba en mi carpeta de *spam*. No quieren patentar nuestro mejor diseño.

Greg le entregó una copia del correo y Nate lo leyó.

Parecía que su techo de acero, que incorporaba una solución a los problemas de aislamiento en el clima duro de Australia, había sido rechazado alegando que ya tenían una idea similar en proceso.

–Sé que tenías todas tus esperanzas puestas en este diseño –estaba diciendo Greg–. Lo siento.

Nate sentía como si le hubieran golpeado con un mazo en el estómago.

Greg seguía hablando.

–Me alegro de que tengas a Roxy. Marla y yo estamos muy contentos de que por fin estéis juntos. Cuando tienes a alguien a quien cuidar, las otras cosas no parecen tan importantes. Y quiero que sepas que siempre buscamos personal en la empresa familiar. Si quieres intentarlo, considéralo hecho. Solo hasta que consigas tu otro proyecto, claro.

Nate levantó la vista del suelo y, por un instante, se preguntó si debería aceptar la oferta de Greg. Tal vez lo mejor sería aceptar el destino, casarse de verdad con la mujer que era adecuada para él, aceptar un puesto fijo que le proporcionaría una pensión y vacaciones todos los años.

–Si quieres ir a tomar una cerveza más tarde –le dijo Greg–, dame un toque –salió por la puerta–. Todo saldrá bien, Nate. Como tiene que ser. Tú me enseñaste eso.

Cuando la puerta se cerró, Nate comprendió que Greg estaba intentando ayudarle. Después de aquel último contratiempo, sería muy fácil hacer lo que le sugería su amigo. Quedarse con Roxy, optar por un trabajo menos exigente, renunciar a algo mejor. En otras palabras, rendirse.

Antes se cortaría el cuello.

Roxy recibió la llamada mientras examinaba un catálogo de zapatos online.

—¿Estás ocupada? —preguntó Nate cuando ella descolgó.

—De hecho estoy volviéndome loca para escoger zapatos.

—¿Zapatos?

—Para la boda. Si existe una ocasión en la que una mujer necesita zapatos nuevos, esa ocasión es su boda.

Se rio alegremente, pero su sonrisa desapareció cuando oyó silencio al otro lado de la línea. Un escalofrío recorrió su espalda.

—¿Nate, estás ahí?

—Roxy, no puedo casarme el próximo sábado.

Roxy intentó descifrar aquella frase.

—¿Prefieres que lo hagamos el viernes?

—Lo que quiero decir es que tenemos que encontrar a alguien que nos sustituya. Seré sincero. No puedo hacerlo. Sé que no será una boda de verdad, pero no puedo evitar pensar que, si te veo caminar por el pasillo con ese vestido y digo «sí, quiero», eso será todo.

—¿Todo?

—No nos han concedido nuestra patente más importante. Greg me ha dicho que podría trabajar para él en la empresa de su padre. Es una buena oferta. Solo tengo que meter el rabo entre las piernas y olvidarme de todo aquello por lo que he trabajado hasta ahora.

—¿Y seguir hacia delante con la ceremonia que tú mismo sugeriste va a sellar tu destino?

–Tengo a otra persona en mente. Un tipo con el que trabajo.

Roxy tenía ganas de llorar. De morirse. No podía creer que estuviera haciéndole eso. Pensaba que había cambiado, pero había vuelto a manipularla.

–¿Cuánto le has pagado? –preguntó.

–No te preocupes por eso. Solo quiero asegurarme de que todo está controlado.

La noche anterior Roxy se había entregado a él como nunca antes. No solo física, sino espiritualmente. Nate hacía que se sintiera feliz, plena, amada. Al darle un beso aquella mañana antes de marcharse, Roxy había estado segura. Sería mejor admitirlo.

Se había enamorado. Y una parte ingenua de ella había albergado la esperanza de que tal vez él se hubiera enamorado también de ella.

Una y otra vez se había recordado a sí misma que aquella boda no era real. Y aun así, a juzgar por cómo Nate se había comportado la otra noche, en el fondo pensaba que tal vez él sí quisiera que fuese real. ¿Y ahora le decía que necesitaba un sustituto?

–De hecho yo también lo he pensado mejor –le dijo para no aparentar vulnerabilidad–. Sé que las reglas son las reglas, pero los vestidos de las demás participantes formarán parte de ceremonias auténticas, en las que las parejas se prometerán amor eterno, y entonces yo me sentiré como una estafadora. Creo que eso no es lo mío.

Se hizo el silencio. Pero no pensaba jugar a ese juego, lanzando la pelota de un lado a otro y diciéndose a sí misma que, si conseguía mantenerla en el aire el tiempo suficiente, tal vez ganase.

–Adiós, Nate.

–Roxy, espera. Tal vez deberíamos tomar algo. Hablar de las alternativas.

—Prefiero no hacerlo.

—Solo intentaba ser sincero contigo.

Roxy apretó la mandíbula, tomó aliento y maldijo sus sentimientos.

Antes de cortar la comunicación.

Capítulo 14

NO ENTIENDO por qué no te deshaces de esta chatarra oxidada.

De pie en el garaje de sus padres, Nate se apoyó en el banco de trabajo y se ordenó a sí mismo a contar hasta diez. Quería a su padre, pero a veces le ponía de los nervios. Con el dinero que habían heredado podía permitirse un Porsche y, para ser sincero, sus padres conducían un sedán bastante bueno. Pero su padre insistía en quedarse con aquella reliquia del pasado. Una bomba. Nunca lo usaba, solo le hacía pequeños ajustes, como en aquel momento, inclinado sobre el motor. Una pérdida de tiempo.

Lewis Sparks levantó la cabeza de debajo de la capota.

—¿Chatarra oxidada? Está igual que el primer día. Además, fue mi primer coche. Hemos pasado muy buenos ratos juntos.

—Ya me sé la historia de la noche en la que el abuelo te pilló besando a mamá y a ella le prohibió volver a verte.

Su padre sonrió.

—Se escapó de casa aquella noche. Fantaseamos con la idea de huir para casarnos.

—No quiero retenerte. Solo necesito ese número —ya se lo había explicado diez minutos antes, cuando

había llegado. Quería el número del abogado de patentes con el que su padre jugaba a veces al golf.

–¿Has tenido problemas con tu idea?

–Prefiero no entrar en eso.

Su padre encontró un trapo, se limpió las manos y
cambió de tema.

–A tu madre y a mí nos gustó mucho tu cita de la
otra noche.

Nate se apartó del banco y levantó las manos.

–Antes de preguntarme cuándo la volveréis a ver,
te diré que ya no estamos juntos.

–Oh –su padre asintió lentamente–. Entiendo. Tu
madre y yo...

–Papá. Lo siento. De verdad, no tengo tiempo.

–Claro. Bien –su padre volvió a meter la cabeza
bajo la capota–. Iré a por el número de Roger cuando
termine de comprobar la batería.

–Creí que le habías puesto una batería nueva el mes
pasado.

–Una de las partes estaba vieja. Si una parte no va
bien, falla todo el conjunto. No es como la capa de pintura o los adornos, pero una buena batería es lo que
hace que un coche se mantenga fuerte.

Manipuló los cables, después se incorporó y se limpió la grasa de las manos con el trapo; Nate se fijó en
que era una camisa de hacía veinte años.

–¿Te importa ponerlo en marcha, hijo?

Nate miró la hora en el reloj e intentó no resoplar.
No había querido entretenerse. Habría conseguido
el número por teléfono si hubiera contestado alguien. Al
parecer su madre estaba visitando a una amiga. Su padre, como de costumbre, estaba encerrado en aquel
santuario, donde guardaba todos sus juguetes.

Nate abrió la puerta del conductor. Pondría el coche en marcha y después podrían entrar en casa, con-

seguir el número y así tal vez lograra que le echaran otro vistazo a su patente. Ya se había dejado una fortuna en tarifas. No se trataba de un asunto pequeño.

Se negaba a echarse atrás.

Sentado en el asiento de vinilo, giró la llave en el contacto y el motor se puso en marcha. Su padre bajó la capota.

–Prefiero tener una docena como este antes que un deportivo europeo con un motor poco fiable.

–Yo tengo un deportivo europeo, papá, y el motor funciona perfectamente.

Su padre reflexionó sobre aquello y tiró el trapo a un lado.

–Supongo que soy fácil de complacer –Nate y su padre miraron hacia fuera y vieron un coche acercándose. El de su madre. Pero detrás apareció otro, y otro.

–Oye, tus hermanas y los niños vienen también. Será mejor que prepare la barbacoa –dijo su padre mientras salía del garaje–. Ven a saludar.

Nate estuvo a punto de repetir que tenía prisa, pero su padre parecía tan feliz de tener a la familia reunida que simplemente sonrió y dijo que saldría enseguida.

Observó cómo todos se abrazaban. No importaba que se hubieran visto tres meses antes o el día anterior. Nadie escapaba a un abrazo de su madre. Su padre debió de mencionar que estaba en el garaje, porque todas miraron hacia allí y empezaron a llamarle. Pero Nate negó con la cabeza. Aún no estaba preparado.

Así que se quedó sentado en el viejo coche, viendo cómo su familia entraba en la casa. Y, cuando desaparecieron por la puerta de atrás, se preguntó por qué él sería tan diferente.

Los demás parecían siempre tan satisfechos, tan contentos. Pero él se sentía inquieto.

Le había dicho a Roxy que no se parecía en nada a su padre y aun así había ignorado sus sentimientos, le había mentido, la había decepcionado.

Desde que recordaba, Nate había estado obsesionado con la idea de encontrar su propio camino. Sin embargo, sentado solo en el coche, jamás se había sentido tan perdido.

Capítulo 15

ME HABÍAN dicho que te encontraría aquí.
Roxy sintió un escalofrío por todo el cuerpo
al oír aquella voz profunda y sexy.

El día era frío y gris, pero necesitaba salir y, con suerte, hacer algo productivo. Abrigada con una gabardina roja, había encontrado un lugar en un parque cercano donde extender una manta y trabajar en algunos bocetos.

Dejó el lápiz a un lado, tragó saliva, tomó aire y se obligó a levantar la mirada.

Nate Sparks estaba de pie frente a ella con las manos en los bolsillos de su abrigo.

–Había mucho alboroto en tu tienda hoy.

–Era hora de poner rebajas –contestó ella.

–¿De cuántas cosas te vas a deshacer?

–De todo lo que la gente quiera comprar.

–Tu prima parecía defender el fuerte con habilidad.

–Tengo fe absoluta en ella.

–¿Qué estás haciendo? –preguntó Nate mirando su cuaderno de dibujo.

–Inspirarme.

–Para crear nuevos vestidos.

–Para crearme una nueva vida.

Él asintió lentamente y pensó largo rato antes de volver a hablar.

–Quería disculparme.

–¿Por qué?

–Por decepcionarte.

–Sí, bueno –Roxy se encogió de hombros–. Nada a lo que no me hubiese enfrentado antes.

–No soy como tu padre.

–Desde luego no eres como el tuyo –respondió ella–. No conoces el significado de la palabra «integridad».

–Sé que te he hecho daño. También me he hecho daño a mí mismo.

–Deja que saque un pañuelo.

–Aún hay tiempo para la boda, si no has encontrado un sustituto.

Roxy volvió a agarrar el lápiz y dibujó algunas líneas.

–Ya he superado lo del concurso. Hice todo lo posible. Es hora de seguir hacia delante.

Recogió su bolso, se metió el cuaderno bajo el brazo y se puso en pie para dirigirse hacia el aparcamiento.

–No estoy preparado para que esto termine.

–Una pena –dijo ella con lágrimas en los ojos.

–Maldita sea, Roxy, te quiero.

El corazón le dio un vuelco y se le sonrojaron las mejillas. La cabeza empezó a darle vueltas. La quería. Eso no se lo esperaba. Ni por un momento.

Miró a su alrededor en busca de algo a lo que aferrarse. Tragó saliva, pero no fue capaz más que de susurrar.

–Debo de haber oído mal.

–Lo diré de nuevo. Te quiero. Como nunca creí que sería posible. Incluso con unos padres como los míos.

Roxy quería preguntarle si estaba tomándole el pelo, pero entonces recordó a su padre declarando su amor y las respuestas de su madre. «¿De verdad, Tom?

¿De verdad me quieres?». Incluso siendo una niña sin experiencia, Roxy había pensado que su madre era tonta. Y había jurado que ella nunca estaría tan desesperada.

–No me crees –supuso Nate.

–No importa si te creo o no. Nada en este mundo podría convencerme de tener algo contigo de nuevo. Así que, por favor, por favor, déjame en paz.

Cuando Roxy se dio la vuelta para seguir andando, él se adelantó y le cortó el paso. No estaba dispuesta a forcejear para abrirse camino, así que se quedó parada y le dirigió la más letal de sus miradas.

Nate sacó algo del bolsillo de su abrigo. Roxy miró hacia abajo. Entre los dedos tenía un hilo de seda.

–¿Puedes sujetar esto?

–No pienso entrar en tus juegos.

–Roxy, por favor, solo te pido esto.

Roxy dejó pasar otros cinco segundos, después resopló con fastidio y acabó agarrando el maldito hilo.

De otro bolsillo Nate sacó algo más. Segundos después un anillo brillante se deslizó por el hilo hasta caer en la palma de su mano. Se quedó con los ojos desorbitados al ver que se trataba de un anillo de compromiso.

Pero, antes de que él pudiera decir nada, recordó lo mal que se había sentido cuando la había dejado plantada, y la cantidad de disculpas que había oído en su vida. Una declaración matrimonial no era la panacea. De hecho, dado todo lo que Nate sabía de ella, era un insulto. Así que volvió a guardarle el anillo en el bolsillo, se dio la vuelta y se alejó.

Aceleró el paso y entre lágrimas vio su coche aparcado al mismo tiempo que oía un sonido muy familiar. Se detuvo, se dio la vuelta y vio un caballo pastando en la hierba. Pero no cualquier caballo. Era blanco; incluso la silla, la brida y las riendas eran blancas. Pero eso no era todo. Detrás había otro caballo, negro, con su crin ondeando al viento. Por un momento Roxy se olvidó del dolor que sentía y pensó en todos los recuerdos que evocaban aquellos hermosos animales.

Entonces algo más llamó su atención. Una mujer bien vestida con un libro de hojas doradas se acercaba a los caballos. Si hubiese sido cualquier otro día, Roxy se habría quedado a ver qué pasaba después.

Por supuesto, lo primero en lo que pensó fue una boda. Una ceremonia romántica a caballo. Pero faltaban los invitados y, sobre todo, los novios. Tal vez estuvieran rodando un anuncio o...

De pronto una idea surgió en su cerebro, pero tan pronto como apareció la desterró de su cabeza. Estaba siendo ridícula. Aquella escena no tenía nada que ver con ella, con la declaración de Nate ni con aquel increíble anillo.

Pero entonces un hombre vestido de traje apareció, agarró las riendas de los caballos y los condujo hacia ella. Aquello no podía estar sucediendo. No quería aceptar que Nate hubiera preparado todo eso. Tenía que ser una coincidencia.

Tragó saliva y se dispuso a seguir andando hacia el coche, pero entonces alguien la agarró del brazo y todo su cuerpo experimentó un escalofrío. Se dio la vuelta y miró a Nate a los ojos.

–La yegua blanca es tuya –dijo él.

–¿Mía?

–Para ti. La mujer que nos espera allí hará el honor de casarnos. He traído tu vestido. Está en mi coche, si quieres ponértelo.

–Nate, no –respondió ella–. No te he dicho que sí.

–¿No creerás que eso va a detenerme?

La estrechó contra su cuerpo y el cuaderno de bocetos cayó al suelo.

–Aquí es donde tengo que estar. Esto es lo que deseo hacer. Estar contigo. Adorarte y quererte todos los días durante el resto de nuestras vidas.

Roxy se obligó a hablar a pesar del nudo que sentía en la garganta.

–Nate, no me tomarías el pelo con algo así. No lo harías, ¿verdad? Si esto no fuera más que otro numerito...

Nate le puso las manos en los hombros y apoyó la frente en la suya.

–Dímelo, Roxy. Di que también me quieres.

Los ojos se le habían llenado de lágrimas, listas para derramarse. Se estremeció, pero no podía decir las palabras.

–Me has enseñado mucho, Roxy. Cosas que no creí que fueran importantes, y sin embargo son las más importantes de todas. Te quiero. Y siempre te querré. Quiero mimarte y protegerte. Y sé que seremos felices porque puedo sentirlo, Roxy –se llevó la mano al pecho–. Justo aquí.

–Esto es lo que más miedo te daba –dijo ella mientras una lágrima resbalaba por su mejilla–. ¿No estás un poco asustado?

–Pero en el buen sentido, como cuando empiezas una nueva aventura. Una aventura que durará toda la vida.

Roxy suspiró y se rindió a su voluntad. A la fe y al amor. No había creído que fuese posible, pero lo había hecho. Nate le había quitado las dudas. Y por fin creía con todo su corazón.

Para algunos sí existían los finales felices.

–Te quiero, Nate. Sabes que sí.

–Y jamás lo olvidaré. Nunca lo daré por sentado.

Cuando le rodeó el cuello con los brazos y él agachó la cabeza para besarla, empezaron a oírse aplausos y silbidos. Roxy contuvo la respiración y se giró hacia el ruido. De detrás de los árboles aparecieron los padres de Nate, sus hermanas con sus maridos y sus hijos. Cindy y Marla también estaban allí, así como Greg, que agitaba los puños en señal de victoria. Y también había otra persona vestida de raso, con un ramillete de gardenias en el corpiño.

–¿Has traído a mi madre?

–Lo único que nos falta es un novio y una novia.

Ella asintió con una enorme sonrisa y Nate la tomó en brazos y la llevó hacia los demás invitados, hacia su boda, y hacia la que estaba destinada a ser una nueva vida llena de felicidad.

Epílogo

ROXY agarró el inalámbrico antes de que sonara por tercera vez.

Normalmente a esa hora del día solía quitarle el sonido y dejar que saltara el buzón de voz. Pero estaba esperando una llamada importante, una llamada de la que no le había hablado a nadie; ni siquiera a Nate. Al pensar en lo mucho que podrían cambiar sus vidas después de aquella conversación, experimentó un ligero escalofrío. Pero no había marcha atrás.

–La señora Sparks al habla –dijo al responder.

–Me alegra poder hablar al fin con usted –contestó una voz femenina–. Es una mujer difícil de localizar.

–Bueno, estoy ocupada, el negocio florece y... –Roxy hizo una pausa. Creía que sabía quién llamaba, pero se detuvo para preguntar–: Perdón, ¿con quién hablo?

–Soy Harper Valance.

La señorita Valance pasó a explicarle que trabajaba para una revista de embarazos y paternidad. Ella era la editora.

Después del día de su boda, en la que había llevado aquel vestido especial, había logrado presentarse al concurso, pero no había ganado ni había acabado entre las finalistas. No le había importado. Tenía demasiadas cosas en su cabeza en esa época.

Nate y ella habían firmado los papeles correspondientes para que su matrimonio fuese legal, y durante el último año ella había pasado de diseñar vestidos de novia a crear su propia línea de maternidad. Había trasladado su tienda a un lugar más cercano a la casa que Nate y ella habían comprado cerca del puerto, y sus vestidos estaban ganando popularidad. Las clientas le sugerían que abriese tiendas en otras ciudades o una página web. Sin duda Internet convertía el mundo en un lugar más pequeño y cómodo.

Roxy estaba asombrada con la respuesta. Había comenzado aquella nueva aventura solo con un desafío en mente; deseaba ayudar a las futuras madres y sentirse guapas. Y dada la llamada que acababa de recibir, parecía que la noticia había circulado más de lo que creía.

Roxy abrió una puerta con el hombro y se asomó a una habitación en penumbra.

–¿Su revista quiere hacer un reportaje sobre mi ropa?

–De hecho nos gustaría que considerase la posibilidad de escribir una columna –dijo la señorita Valance–. He seguido su blog desde que se casó. Enhorabuena por el nuevo miembro de la familia, por cierto. El señor Sparks y usted deben de estar encantados.

Roxy sonrió y observó al bebé que dormía en la cuna situada al otro extremo de esa habitación. Aunque Hayley Jane tendría que despertarse pronto para bañarse y cenar. Con el pelo negro y los ojos azules de Nate, su hija era un encanto. Cada día era una aventura llena de emociones satisfactorias.

La señorita Valance seguía explicándose.

–Estamos interesados en sus experiencias como empresaria, diseñadora, costurera, esposa, madre y mujer. Francamente, me encanta la energía que transmite en las actualizaciones de su blog. Dado el gran número de comentarios que recibe, no soy la única.

–Es una oferta maravillosa, pero la verdad es que no tengo mucho tiempo en este momento.

–Deje que me explique. Con su permiso, nos encantaría utilizar pasajes ya publicados de su blog. Por supuesto estaríamos abiertos a nuevos escritos cuando se sienta inspirada. Tiene mucho que decir y, estoy segura, mucho que compartir.

Cuando Hayley se agitó en su cuna, Roxy le dio las gracias a la señorita Valance por su oferta. Tenía que hablar con su marido y la volvería a llamar. Dejó el teléfono en su sitio y sonrió. En otra época había querido tener la oportunidad de relanzar su carrera.

Pero ahora sus prioridades habían cambiado. La vida había cambiado y, en muchos aspectos, a mejor.

El teléfono volvió a sonar, y en esa ocasión era la persona que Roxy esperaba. Cuando terminó la llamada dos minutos más tarde, el bebé volvió a agitarse y Nate entró en la habitación. Se detuvo para darle un beso en la nariz antes de dirigirse hacia la cuna.

–He oído al bebé –dijo–. Yo me encargo.

Hayley no estaba del todo despierta todavía, así que Roxy detuvo a su marido.

–Ya estás en casa.

–Dalton Majors puede encargarse de cualquier cosa que surja.

–Entonces el segundo de a bordo trabaja bien.

–Dalton tiene decisión. En su momento no me lo pareció, pero viéndolo con perspectiva es mejor que Greg no se sumara al proyecto. Siempre fue más mi proyecto que el suyo.

–Y tampoco necesitabas al señor Nichols ni su dinero –dijo ella abrazándose a él.

Le había hecho falta dar ese salto de fe y hacer lo que deseaba hacer. Tras aquel bache inicial, el problema con su patente había sido rectificado y su empresa había florecido, como Roxy sabía que sucedería.

–Lo que necesito es saber que Hayley y tú sois felices todos los días –miró hacia la cuna–. Creo que dormirá un poco más. A mí también me vendría bien acostarme –le susurró al oído.

Cuando la besó, Roxy suspiró y se disolvió.

Cada vez que hacían el amor era asombroso, y cuanto más tiempo pasaban, el amor que sentían el uno por el otro aumentaba. En su corazón Roxy sabía que aquello era para siempre. No por la maldición de la familia Sparks, sino porque dos personas podían superar los obstáculos pasados y presentes. Dos personas podían enamorarse y permanecer así cuando ese premio era primordial para los dos.

–¿No quieres saber quién me ha llamado? –preguntó ella mientras Nate le daba besos en el cuello.

–Mmm... –él encontró la cremallera de su vestido y tiró–. Más tarde.

Roxy sonrió. Querría saberlo ya.

–El otro día fui al médico para confirmar una prueba que me había hecho.

Nate se quedó quieto.

–¿Estás embarazada? ¿Otra vez?

La abrazó con fuerza. Roxy lo conocía lo suficiente para imaginar la emoción que sentía.

–¿Por qué no me lo habías dicho antes?

–Porque sentía que algo era... diferente.

Nate apretó la mandíbula y la agarró por los brazos.

–¿Estás bien?

–Estoy muy bien, ahora que sé los resultados de las pruebas. Tenemos tres bebés, Nate. Tres vidas creciendo dentro de mí.

Con una mirada de asombro, Nate le puso la mano en el vientre y tragó saliva.

−¿Tres?

Ella se carcajeó.

−La maldición, o bendición, familiar es especialmente potente en tu caso.

−Nuestro caso. Esto ha sido un esfuerzo de grupo. Y seremos padres en grupo.

−Tal vez tengamos que volver a tomar precauciones después de este embarazo −sugirió ella.

−Eso depende de ti. Lo único que sé es que... −le acarició el pelo y le sujetó la cabeza para poder mirarla a los ojos− que te quiero. Siempre te he querido.

La tomó en brazos y, antes de salir de la habitación hacia su dormitorio, el bebé se despertó.

Nate dejó a su esposa en el suelo y, mientras se dirigían a ver a su hija de seis meses de edad, dijo:

−Vamos a estar muy ocupados por aquí.

−Y habrá mucho ruido −agregó Roxy mientras tomaba en brazos a la pequeña y risueña Hayley.

Nate olfateó el aire y arrugó la nariz.

−Y olores.

−Cariño, estaremos en el paraíso.

Nate la besó y Roxy se sintió conmovida por un hecho maravilloso. Cada vez que se besaban, cada vez que la acercaba a él, una emoción intensa se despertaba en algún lugar de su interior; un lugar que antes no sabía que existía. Y cada vez que ocurría, repetía en su cabeza y en su corazón las palabras que se habían convertido en su lema.

Aquel era el amor más profundo que existía.

Athan Teodarkis conocía bien a las de su clase, mujeres que recibían todo tipo de regalos de sus amantes ricos, desde lujosas joyas a ropa de alta costura. Sin embargo, nunca se había interesado por ninguna de ellas... hasta ese momento. Sospechando que el marido de su hermana tenía una aventura con la hermosa Marisa Milburne, Athan decidió ponerle freno a cualquier precio.

Seguro de que sus millones distraerían con facilidad a la cazafortunas, Athan trazó un sencillo plan: seducirla y abandonarla. Pero, al contrario de lo que él esperaba, la tímida Marisa no era una mujer fría y sin corazón. Llena de inocencia, cayó de lleno en la trampa...

HARLEQUIN *Bianca*

Julia James
Emboscada de pasión

Emboscada de pasión

Julia James

Acepte 2 de nuestras mejores novelas de amor GRATIS

¡Y reciba un regalo sorpresa!

Deseo

Personal y profesional
KATE HARDY

Daba igual lo preciosos que fueran sus labios o lo seductoras
que fueran sus piernas, el mag-
nate Jordan Smith no quería saber nada de su antigua amante,
Alexandra Bennett. Pero Alex
era su nueva empleada.
La química que había entre ellos
era innegable y trabajar hasta
tan tarde los volvió locos de deseo. Cada día era más difícil resistirse a la tentación, pero la
historia que había tras ellos era
muy dolorosa. ¿Podrían olvidar
lo que había ocurrido hacía diez
años y hacer las paces para
siempre?

Personal y profesional
KATE HARDY

*¿Serían capaces de dedicarse
exclusivamente al trabajo?*

¡YA EN TU PUNTO DE VENTA!

Bianca

Tal vez las expertas caricias de él le procurasen un placer inmenso,
pero jamás se ganaría su corazón de hielo...

La primera vez que Angelo
Bellandini le había hablado
de matrimonio, Natalie Armi-
tage le había rechazado.
Habían tenido una apasio-
nada aventura, pero ella había aprendido a cerrar su
corazón desde niña y la idea
de abrirlo a alguien la había
hecho huir.

Cinco años después, tenía
que enfrentarse a la segunda propuesta matrimonial de
Angelo, pero lo que ardía en
los ojos de este era el fuego
de la venganza, no de la pasión. Natalie debía aceptar
casarse para proteger a su
familia, pero no iba a convertirse en una esposa dócil.

Secretos en el corazón

Melanie Milburne